LES LETTRES QUE JE NE VOUS AI JAMAIS ENVOYÉES

10, place des Cinq-Martyrs-du-Lycée-Buffon
75015 Paris – France
www.editionsdivaromance.fr

ISBN : 978-2-36812-477-2
Maquette : Patrick Leleux PAO

Pour suivre notre actualité, rejoignez-nous
sur Facebook (EditionsDivaRomance),
sur Twitter (@EditionsDiva) et
sur Instagram (@EditionsDivaRomance) !

Les lectrices ont aimé !

« Il y a de nombreux rebondissements dans le récit et tous les faits historiques apportent importance et grandeur au roman. (…) La plume de l'auteure est très fine, c'est extrêmement agréable et j'ai pris un énorme plaisir à la lire. »

Diana, du blog *Follow the Reader*

« Une romance historique vraiment passionnante. Un moment de lecture rythmé par les rebondissements et les états d'âme de nos personnages. J'ai trouvé le récit très agréable à lire et je me suis laissée séduire par cette romance hors du commun. »

Marlène, du blog *Le monde enchanté de mes lectures*

« L'histoire est bien ficelée et intéressante. L'époque est bien représentée. On a même droit à un peu d'action ! Je n'avais aucune idée d'où l'auteure me menait et je me suis laissée porter par sa plume agréable. »

Laeti, du blog *Lire ou dormir il faut choisir*

« J'ai passé un agréable moment de lecture. »

Jennifer, du blog *Joanskingdom*

Latie Gétigney

LES LETTRES QUE JE NE VOUS AI JAMAIS ENVOYÉES

Roman

DIVA
ROMANCE

Ce roman a remporté le Prix de la meilleure romance en 2018 !

Le Prix de la meilleure romance, c'est quoi ?
Décerné par un jury composé d'auteurs, de blogueurs, de journalistes, mais aussi de lecteurs, il récompense LA meilleure romance de l'année, après un appel à manuscrits ouvert à tous !

Rejoignez-nous vite sur les réseaux sociaux pour en savoir plus, et pourquoi pas devenir le prochain auteur des éditions Diva Romance… !

Rendez-vous sur
www.editionsdivaromance.fr/prix-diva-romance

À mes parents, en remerciement de leur amour,
de leur soutien, et de leur exemple infaillible,
À ma famille chérie,
Aux amitiés qui portent du fruit dans ma vie,
Au jury du Prix de la meilleure romance qui m'a offert
cette incroyable chance,
À toutes les bonnes fées et tous les magiciens
des Éditions Diva Romance,
Et à vous tous, qui croyez aux rêves…

La première lettre

Londres, janvier 1797

Cher Mr Clenneth,

Un gentleman me trouverait sans doute bien audacieuse d'oser ainsi lui écrire sans lui avoir été présentée. Peut-être s'offusquerait-il au point de blâmer mes mœurs éhontées. Rassurez-vous, Mr Clenneth, je suis un être très raisonnable. Pour preuve, je ne vous enverrai jamais cette lettre.

Et pourtant, je vous écris. Je vous écris, monsieur, et quiconque l'apprenant craindrait de me voir perdre l'esprit. Il faut bien, pour cela, que vous ayez fait forte impression sur mon cœur jusqu'alors réputé si sage. Car depuis que je vous ai vu, cette folle idée de correspondance ne me quitte plus.

J'avais déjà entendu beaucoup à votre sujet. Ma tante vous présentait comme l'un des meilleurs partis d'Angleterre, mon oncle Lennox aurait aimé vous avoir pour gendre.

Même ma cousine Lisa, leur fille, pourtant avare de compliments sur la gent masculine, m'avait vanté vos qualités : droiture, discrétion, intelligence et élégance.

Mais voyez-vous, Mr Clenneth, il en est des hommes comme des tableaux. On a beau vous les décrire avec le plus grand souci de précision, leur effet demeure nul tant que vous n'avez pas pu en apprécier la qualité par vous-même. Ce n'est qu'une fois devant la toile que vous pouvez juger des ressentis de vos amis et formuler vos propres sentiments. Du reste, la plupart du temps, vos proches ont tant enjolivé les choses, que vous vous trouvez toute désappointée devant l'œuvre finale.

Il m'a donc fallu attendre une promenade avec Lisa du côté de Covent Garden pour me rendre compte que la famille Lennox disait vrai.

Laissez-moi vous conter ce moment.

Alors que, tout à nos déambulations dans les allées du marché, nous nous extasiions devant un étalage d'épices venues d'Orient, Lisa me tira de ma contemplation d'un coup de coude. À quelques mètres de nous, vous étiez plongé dans l'inspection d'une pile de livres sous le regard débonnaire d'un vieux libraire mal fagoté.

Vous aviez fière allure, avec vos traits réguliers et fins, vos pommettes saillantes, votre menton carré, et votre nez droit. Votre haut-de-forme laissait échapper quelques boucles brunes indisciplinées. Néanmoins, ce furent vos yeux qui retinrent vraiment mon attention. Je fus subjuguée par l'extrême douceur du regard émeraude qui croisa le mien alors que vous preniez congé du commerçant. J'eus alors la conviction que tout ce qu'on disait à votre sujet était vrai.

Cela me porte à croire que vous seriez un excellent confident. Aussi, Mr Clenneth, j'aimerais que quelqu'un m'écoute… pour ce que je suis. Et je ne peux plus souffrir de ne confier mes idées qu'à un modeste journal. Monsieur, je ferai donc de vous mon journal. Je pourrai imaginer que ces feuilles sont des oreilles amicales, que leur gorge rira avec moi, que leur bouche sourira pour moi, que leur cerveau argumentera contre moi, et que leurs larmes pleureront de concert avec moi. Me trouvez-vous extravagante ?

Pour ce que je suis…. Une femme jeune sans grande fortune dotée – aux dires de ma famille et particulièrement de ma cadette Catherine – d'un peu trop d'esprit et d'idées.

Et vous, Mr Clenneth, que pense de vous votre famille ? Je l'imagine affectueuse et unie. Est-ce le cas ?

Je rêve d'autant plus facilement que je sais que nos chemins ont peu de chances de se croiser à nouveau.

Douce soirée, cher confident,

Miss Amy Rosebury

CHAPITRE 1

Tout commence par un coffret en bois

Lorsqu'Amy Rosebury posa sa plume et enferma la lettre qu'elle venait d'écrire dans le coffret que sa chère sœur Abigail lui avait offert à l'occasion de ses dix-neuf ans, elle croyait sincèrement s'en tenir à son idée. Sa correspondance secrète viendrait s'empiler dans cet écrin, au fur et à mesure qu'elle y décrirait ses émotions et ses pensées les plus profondes. Et jamais elle n'en attendrait davantage.

Elle caressa la boîte en bois sur laquelle sa sœur avait peint de fines lianes de lierre dont l'entrelacs dessinait son monogramme. Désormais, chaque fois qu'elle l'ouvrirait, elle y associerait la douceur des souvenirs de Londres car, dans quelques jours, elle rentrerait à Weymouth avec sa famille et ne croiserait plus jamais Mr Clenneth.

Délicatement, elle posa le coffret sur le manteau de la cheminée. Il était temps de rejoindre sa famille. En l'honneur de la présence des Rosebury, son oncle et sa tante Lennox avaient convié à souper quelques-unes de leurs connaissances. Un peu nerveuse à l'idée de ces nouvelles rencontres, Amy rajusta ses boucles blondes et inspecta le drapé de sa robe blanche avant de descendre.

Lorsqu'elle fit son entrée au salon, les trois autres femmes de la famille Rosebury siégeaient côte à côte sur une banquette, le dos bien droit, les mains délicatement posées sur les genoux. Mrs Rosebury et ses filles semblaient calmes mais leurs regards brillants trahissaient leur excitation. Toutes trois adoraient Londres et avaient passé la majeure partie de l'après-midi à faire des conjectures sur leurs futures connaissances et le déroulement de la soirée. Mrs Rosebury, en particulier, attendait beaucoup de cette distraction en si bonne société. Pour l'occasion, elle avait tenu à choisir elle-même les toilettes de ses filles, cherchant la robe qui mettrait en valeur l'allure aérienne et les grands yeux couleur océan de sa fille aînée, Abigail, puis celle qui soulignerait la taille fine et la lourde chevelure auburn de sa cadette, Catherine. Amy aussi lui devait l'étoffe immaculée qui rehaussait son teint de pêche. À présent, Mrs Rosebury était satisfaite et espérait grandement que sa sœur ait pensé à convier quelque charmante compagnie qui ravisse les demoiselles.

Malheureusement, elle n'avait rien pu faire pour corriger la nonchalance de son fils, Robert, vautré sur un canapé dans un coin du salon. D'humeur toujours encline à faire la fête, le frère aîné d'Amy était mortifié que son père l'ait forcé à rester souper plutôt que d'aller retrouver les officiers – ses compagnons de boisson et de jeu préférés.

La rondelette tante Lennox, elle, réglait les derniers détails avec le majordome tandis que Mr Rosebury et l'oncle Lennox discutaient de leurs techniques de chasse près de la cheminée.

Amy rejoignit sa cousine qui s'affairait autour du piano, et la regarda avec amusement fouiller parmi les piles de partitions. On ne pouvait pas dire que Lisa était belle. Son visage, malgré son éclat, était encadré par deux grandes oreilles très rondes. Et sa bouche était masculine. Mais Amy admirait son regard vif et lui enviait sa verve peu commune qui frisait parfois l'impertinence. D'aussi loin qu'elle s'en souvienne, elle avait toujours ressenti une profonde affection pour sa cousine. Elle aimait son humour, sa franchise et sa générosité. Les Lennox désespéraient de la marier un jour : Lisa n'avait nulle envie de lier son sort à celui d'un homme et jurait que, puisqu'elle n'en avait pas la nécessité financière, elle ne prendrait jamais d'époux.

Les invités des Lennox ne tardèrent pas à arriver. Parmi eux, Amy remarqua tout de suite un grand jeune homme affable, au teint rose comme celui d'un nourrisson, qu'on lui présenta comme Mr William Bridgestone, originaire de Bath.

Ses manières aimables et ouvertes eurent très vite raison de la réserve naturelle d'Amy et elle se réjouit d'être placée à côté de lui.

— Séjournez-vous régulièrement à Londres, Mr Bridgestone ?

— Oui, c'est un de mes plus grands plaisirs. J'ai la chance de profiter de l'hospitalité d'amis de ma famille lorsque mes affaires me mènent à la capitale.

— Préférez-vous Londres à Bath ?

Amy, qui n'avait jamais visité la ville, était fort curieuse d'en apprendre davantage sur Bath. Elle n'en connaissait guère que ce que Lisa lui avait décrit, mais comme la jeune femme y avait pratiquement été conduite de force par Mrs Lennox pour prendre les bains – ce que Lisa avait en horreur – elle doutait de la sincérité de la description.

— Non, je confesse que j'aime beaucoup Bath, confia William Bridgestone sans affectation. La société y est tout aussi excellente, les divertissements riches, et la superficie de la ville me convient mieux. Je suis vite perdu dans la foule londonienne ! Le seul moment que je redoute, c'est la saison des bains ! Et vous, miss Amy, vous plaisez-vous à Londres ?

— Pour tout vous avouer, je ne me sens pas toujours à mon aise dans cette immensité. C'est évidemment bien plus grand que Weymouth, notre ville d'origine. En revanche, j'apprécie les richesses qui y sont offertes.

— La côte doit vous manquer terriblement. Mais il est vrai que Londres regorge d'opportunités : concerts, expositions, opéras, pièces de théâtre. Il y en a pour tous les goûts ! concéda Mr Bridgestone d'un air entendu.

Suis-je sotte ! pensa Amy. *C'est évidemment ce que tout le monde doit dire de Londres.* Pourtant ce n'était pas à cela qu'elle songeait.

— Certes, mais il existe bien d'autres trésors, répliqua-t-elle d'un ton qu'elle espérait mystérieux.

— Dites-moi tout.

— Eh bien, par exemple, jamais je n'avais vu autant de livres rassemblés au même endroit : Lisa et moi avons dévalisé les libraires ce matin.

C'est le moment que Lisa choisit pour intervenir joyeusement.

— Amy a découvert tant de ces fameux « trésors » que nous serions mortes écrasées sous leur poids sans la sagesse de ma gouvernante.

— Ma sœur est ce qu'on appelle vulgairement un rat de bibliothèque, se moqua ouvertement Robert Rosebury.

La cadette, Catherine, s'esclaffa à ces mots.

— Je comprends votre engouement pour la lecture, miss Amy, répondit Mr Bridgestone sans tenir compte des remarques de Robert. Certains de mes amis en sont insatiables. J'aime tant les fréquenter. Leur conversation est toujours des plus intéressantes. Et la lecture est, à mon avis, une saine passion. Alors, miss Lennox, où avez-vous trouvé tous ces trésors ?

Lisa sourit.

— En grande partie près de Covent Garden, monsieur. J'y ai d'ailleurs également déniché quelques partitions des plus divertissantes.

— Il me tarde de les entendre.

Il sembla hésiter un instant, et Amy surprit le regard en coin qu'il posa sur Abigail avant de s'éclaircir la gorge et de demander :

— Et vous, miss Rosebury, permettez-moi de m'enquérir : vous plaisez-vous à Londres ?

Abigail parut surprise de cette attention et répondit poliment.

— Beaucoup, je vous remercie, Mr Bridgestone.

Au grand étonnement d'Amy, le jeune homme rougit légèrement et, soudain mal à l'aise, se mit à chercher ses mots :

— Trouvez-vous la ville divertissante ?

— Tout à fait divertissante.

Amy fut surprise de découvrir le visage d'Abigail si empourpré. Il était rare que sa sœur soit gênée. Constatant qu'elle hésitait à son tour, elle l'entendit demander d'une voix plus agitée qu'à l'ordinaire :

— Puisque vous semblez bien connaître les divertissements offerts par Londres, Mr Bridgestone, sauriez-vous nous en conseiller ?

— Nul doute que vous avez connaissance d'un ou deux clubs bien pourvus où nous pourrions nous échapper quelques heures, renchérit Robert avec un clin d'œil. Sans ces dames, il va sans dire !

— Je crains de vous décevoir, Mr Rosebury. Je me rends rarement au club, surtout à Londres. Ou alors, j'y passe dans la journée afin de pouvoir échanger sur les derniers événements politiques avec mes comparses. Mais je crains d'être un personnage bien ennuyeux. J'aime le grand air et me coucher tôt ! dit-il en riant. Mais pour en revenir à la question de Miss Rosebury, j'ai entendu dire que la performance de Mr Miles Peter Andrews dans l'opéra *Rosina* de William Shield qui est joué actuellement à Covent Garden est extraordinaire. Si jamais vous aviez envie de vous y rendre, vous et vos jeunes sœurs, je serais heureux de vous servir d'escorte.

— Je pense pouvoir répondre pour mes sœurs et moi que nous serions enchantées, si nos parents nous y autorisent.

Mr Bridgestone parut satisfait et afficha un petit sourire embarrassé.

La conversation dévia sur les aménagements architecturaux que prévoyaient les Lennox pour leur demeure, laissant à Amy tout le loisir de continuer à observer sa sœur et Mr Bridgestone.

Ce n'était pas la première fois qu'on présentait un jeune homme à Abigail, et Amy avait souvent vu lesdits prétendants s'embuer bien vite dans des œillades enamourées auxquelles la douce et pétillante jeune fille répondait avec sobriété. Mais cette fois, c'était différent. Amy le sentait bien. Elle voyait sous ses yeux éclore quelque chose de nouveau. Était-ce de l'amour ? Était-il possible qu'il ait surgi si vite ? Elle se mordit la lèvre… Ces réflexions la renvoyaient à sa propre folie, dormant dans la boîte en bois. Si elle avait été séduite par un simple inconnu aperçu à quelques pas, n'était-il pas normal que sa sœur se prenne d'affection aussi vite pour un Mr Bridgestone, un être de chair et d'os, assis à leurs côtés ?

Le souper achevé, tandis que Lisa jouait un air au piano, l'amusement d'Amy ne cessa de croître devant les efforts de Mr Bridgestone. Il s'était approché d'Abigail, assise près de la cheminée et discutait maintenant avec animation. À n'en pas douter, leur rougissement subtil ne devait rien à la chaleur de l'âtre.

D'ailleurs, si leur conversation était des plus banales, leur air épanoui n'échappait à personne. Même la cadette des Rosebury n'était pas dupe. D'un caractère plutôt envieux, il était évident qu'elle n'appréciait pas que son aînée s'arroge la compagnie du meilleur parti de la soirée. Aussi proposa-t-elle qu'on joue aux cartes, espérant ainsi, sans doute, que Mr Bridgestone la remarquerait. Peine perdue pour la pauvre Catherine, car, s'il se conduisit en parfait gentleman et prit soin de s'intéresser tour à tour à toutes les jeunes femmes, William Bridgestone eut bien du mal à détacher son regard du visage d'Abigail.

Plus tard dans la soirée, le cœur empli de multiples émotions, Amy s'excusa pour se retirer dans sa chambre et s'installa au secrétaire en merisier fin qui jouxtait la fenêtre.

Cher Mr Clenneth,

Il semble que notre visite à Londres regorge de surprises ! Pouvais-je me douter qu'en une seule journée, deux des demoiselles Rosebury succomberaient aux flèches de Cupidon ? J'ai souvent craint qu'on m'enlève mon adorable sœur. Je crois qu'il est temps de m'y résoudre. Et je le ferai sans doute avec le sourire car son prétendant a tout mon assentiment : William Bridgestone est amusant et attentionné, enthousiaste et gentil. Des qualités qui rejoignent en tout point celles de ma chère sœur. Je dois dire que j'ai apprécié qu'il ne prête pas attention aux moqueries de Robert ou de Catherine. Et il s'est montré si empressé auprès d'Abigail…

Nous verrons ce que les prochains jours apportent, d'autant que nous devons bientôt quitter Londres. Mais j'ai l'intime conviction que la rencontre de ce soir ne restera pas sans lendemain. J'ai hâte de faire plus ample connaissance avec ce charmant personnage.

Qu'en dites-vous : Abigail Bridgestone sonnerait plutôt bien !

Votre sincère Amy Rosebury

Mr Bridgestone vint leur rendre visite le lendemain de la réception, puis dès le surlendemain tint sa promesse de les accompagner à l'opéra. La soirée fut exquise. Amy – qui n'était jamais encore entrée dans le Théâtre Royal – fut impressionnée par le volume du bâtiment et subjuguée par l'orgue qui trônait sur la scène. William Bridgestone lui expliqua qu'il s'agissait d'un legs du grand Georg Friedrich Haendel en personne au fondateur du théâtre, John Rich.

Coiffée à la grecque, Abigail était radieuse et William n'hésita pas à afficher sa préférence pour l'aînée des demoiselles Rosebury en prenant place à côté d'elle au balcon dès le début du spectacle. Il donna ainsi tout le loisir à Amy et à Lisa d'observer discrètement les deux jeunes gens. Les voir rire de bon cœur et s'émouvoir de concert des aventures de Rosina et de Mr Belville, acheva de convaincre les deux cousines que le jeune couple était décidément bien assorti.

Bientôt, les jeunes gens se mirent à visiter Londres ensemble. Débonnaire et animé, William Bridgestone se révélait être un excellent guide. Il était aussi bien capable de leur montrer l'Observatoire Royal de Greenwich, de leur décrire la construction des tours de Westminster, de leur narrer la fondation du British Museum ou de la Royal Academy près de trente ans plus tôt que de leur parler de la machine sous-marine dont un Hollandais avait fait la démonstration au siècle précédent dans la Tamise.

De manière générale, il avait toujours mille et une attentions à l'égard des demoiselles Rosebury. Amy et lui aimaient discuter et riaient aisément ensemble. Il lui racontait volontiers des histoires de pirates et de maisons hantées, lui fabriquait des arcs, et la laissait monter son cheval. Peu à peu, il se comportait davantage en frère vis-à-vis d'elle que Robert Rosebury, l'aîné de la famille. Ce dernier préférait la compagnie de ses amis de jeu et de boisson à celle de ses sœurs. Et à mesure que William gagnait l'amitié d'Amy, il semblait également progresser dans la conquête du cœur de la douce Abigail.

On décida très vite que les Rosebury resteraient encore quelque temps à Londres. Mr Rosebury voulait donner sa chance au jeune couple car Mr Bridgestone lui plaisait. Si Catherine fit quelques remarques moqueuses à son aînée, aucun des autres membres de la famille ne commenta les liens qui se tissaient entre Abigail et William : Robert était trop occupé à trouver des stratagèmes pour obtenir plus d'argent de son père, et la sage Amy préférait attendre que sa sœur vienne se confier à elle. Quant à Mr et Mrs Lennox, ils restaient discrets car ils craignaient bien trop les représailles de leurs sœur et beau-frère qui dans leur jeunesse avaient fait les frais de leur enthousiasme marieur.

Londres, février 1797

Cher Mr Clenneth,

Devinerez-vous la grande nouvelle que j'ai à vous annoncer ?

Voulez-vous un indice ? Le voici : mon souhait s'est réalisé ! Vous y êtes ! Ma très chère sœur et William Bridgestone viennent d'annoncer leurs fiançailles.

Comme elle est heureuse ! Je crois que voir l'amitié qui naissait entre son fiancé et moi l'a confirmée dans ses premiers sentiments à son égard.

Comme elle est changée ! Elle m'a confié que ce qui lui arrivait était encore plus beau que tout ce dont elle avait pu rêver. J'ai du mal à la croire. Les rêves semblent tellement démesurés comparés à la réalité.

Et William ! Je pense sincèrement qu'il a fait un choix parfait. Cela m'arrange d'autant plus qu'il va devenir officiellement mon frère. Il était si ému lorsqu'il nous a annoncé leurs fiançailles. Savez-vous ce qu'il m'a dit ?

« Chère Amy, j'ai toujours rêvé d'avoir une sœur à taquiner. »

Cela se voit ! Honnêtement, je crois bien que jamais Robert ne se serait amusé à discuter de l'histoire de l'Angleterre pour me faire plaisir. Alors que cela n'effraie pas ce cher William !

Mr Clenneth, je me relis et me dis que, si vous aviez reçu une telle lettre, vous l'auriez sans doute trouvée bien niaise, voire assommante. Je sais qu'il faudra un jour que je mette fin à cette lubie. Pourtant vous écrire est un tel soulagement. J'ai l'impression de pouvoir tout vous dire.

Et vous, Mr Clenneth, avez-vous quelqu'un à qui vous confier ? Une idée si farfelue vous aurait-elle seulement effleuré l'esprit ?

Votre obligée,
Miss Amy Rosebury

Abigail et William s'unirent en avril. Ils invitèrent aussitôt Amy à découvrir Bath et leur nouvelle demeure de Camden Place. C'est ainsi qu'ils scellèrent le bouleversement de la vie tranquille de la jeune fille.

Le destin choisit de se manifester lors d'un après-midi particulièrement pluvieux où elle était installée à lire dans la bibliothèque de sa sœur.

— Amy, s'écria Abigail en faisant irruption dans la pièce. Le thé est servi. Descendez vite, nous avons de la visite.

Amy suivit sa sœur dans le petit salon, priant secrètement pour que le visiteur ne soit pas cet homme ridicule en habit jaune qui aimait courtiser Lisa lors des saisons mondaines, et dont sa cousine, fidèle à elle-même, cherchait désespérément à se débarrasser en le poussant vers Amy.

— Amy, permettez-moi de vous présenter nos invités, fit Abigail en la précédant dans le salon feutré des Bridgestone. Mr George Elias et Mr Henry Clenneth. Ce sont tous deux de très chers amis de William. Messieurs, voici ma sœur bien-aimée, miss Amy Rosebury.

Clouée sur place par la surprise, Amy ne parvenait plus à réfléchir ni à réagir. Elle jeta un regard rapide vers les visiteurs pour s'assurer qu'elle n'avait pas mal entendu. Mr Clenneth se tenait bien là, debout, à quelques mètres d'elle, dans toute sa prestance, en tout point semblable à l'image qu'elle conservait de lui.

En proie à la panique, elle baissa les yeux. Elle entendait le sang battre furieusement contre ses tempes. C'était insensé ! Mr Clenneth, un proche de William ? Elle qui avait cru ne jamais le revoir venait de lui être présentée en bonne et due forme. Quelle contenance adopter ?

Une ombre s'avança, amplifiée par la lueur des chandelles qu'Abigail avait fait allumer. Elle sentait le feu crépiter dans son dos. Un visage se tourna vers elle. Elle croisa d'un coup d'œil les grands yeux verts qui s'appliquaient à la dévisager. Ses lèvres s'étirèrent en un petit sourire dont elle ne parvint pas à saisir le sens. Était-il joyeux ou se moquait-il d'elle ?

— Mademoiselle.

Il s'inclina élégamment. Amy répondit par un faible sourire et salua rapidement le deuxième visiteur qui s'inclinait à son tour.

Une fois assise, elle tenta de calmer l'angoisse qui montait en elle. Pourquoi n'avait-elle jamais su que William et Mr Clenneth étaient liés ? Comment parviendrait-elle à être naturelle avec lui ? Qu'elle avait été sotte de tant penser à lui ! De lui écrire des lettres ! Ah oui, quelle riche idée ! Maintenant qu'elle était confrontée à lui, elle devenait muette et peureuse. Il l'intimidait tellement ! Et puis, comment interpréter son sourire ? Elle avait tant prié pour le revoir et, à présent, elle ne savait plus comment se comporter.

Adossé contre le manteau de la cheminée, Mr Elias, le second visiteur, observait avec attention les vaines tentatives de la jeune femme pour masquer son trouble, et ne s'en étonnait pas. Son ami, Henry Clenneth, provoquait souvent quelques exaltations chez les jeunes femmes. Cela, Mr Elias le savait bien. Et pour cause, il connaissait Mr Clenneth depuis toujours. Leurs domaines étaient attenants et leurs familles avaient l'habitude de se recevoir régulièrement.

Malgré leur décennie de différence, Mr Elias avait très vite été séduit par la vivacité d'esprit du garçon et l'avait pris sous sa protection. À force de balades et de discussions animées, il avait trouvé dans son ami le frère qu'il n'avait jamais eu.

Quand il avait été temps pour Mr Clenneth de continuer ses études à l'Université, Mr Elias avait décidé de le suivre à Oxford, poussé par sa curiosité innée ainsi que par la perspective exaltante de longues joutes oratoires avec ses pairs.

C'était lui qui avait fait la connaissance de William Bridgestone en premier lors d'une conférence mouvementée sur Machiavel. Il l'avait bien évidemment présenté à Mr Clenneth et tous trois avaient commencé à construire une solide amitié.

Le temps d'Oxford était révolu et Mr Elias avait perdu la flamboyance de la jeunesse. Son très léger embonpoint et son front dégarni pouvaient en attester. Pour autant, ses amis le jugeaient d'un bon tempérament et d'un calme indéfectible. La lueur de ses yeux bruns et vifs laissait supposer une grande intelligence. Ses manières naturelles reflétaient sa bonhomie. Ses propos étaient mesurés et il ne parlait que pour dire quelque chose de sensé ou de raffiné. Tout le monde le disait affable, pondéré et sans histoires.

De son côté, Amy cherchait tant bien que mal à retrouver son calme. Elle concentra à son tour son attention sur Mr Elias. Quelque chose dans l'éclat mélancolique de son regard l'alerta. On aurait dit qu'un malheur le tourmentait. Et ce léger accent dramatique ne fit qu'accroître la sympathie qu'elle éprouva tout de suite à son égard.

Elle s'enhardit à glisser un regard vers Mr Clenneth, qui avait pris place près de William. Lui aussi était calme et silencieux. Pour autant, il prêtait attention à la conversation et on entendit à diverses reprises son rire chaleureux lorsque William entreprit de divertir la petite assemblée comme il savait si bien le faire. Attendrie, Amy remarqua que ses yeux vifs se faisaient alors délicieusement rieurs.

— Amy, ma chérie, lui demanda tout à coup Abigail, la tirant de sa rêverie, verriez-vous un inconvénient à descendre à l'office et à demander au majordome s'il reste des détails à régler pour le souper ?

Encore chancelante, Amy fut presque soulagée de se voir offrir l'opportunité de quitter la pièce quelques instants. Sur le chemin, elle prit le temps de s'appuyer un moment contre une console en noyer qui meublait le grand hall. Il lui fallait un peu de temps pour assimiler le fait que l'homme à qui elle imaginait confier secrètement ses pensées venait de se matérialiser par surprise.

Elle ferma les yeux une seconde – juste assez pour revoir l'éclat des grandes prunelles vertes la dévisageant. Comment, après tout ce temps passé auprès de William, avait-elle pu ignorer qu'il était si proche de Henry Clenneth ?

Elle secoua la tête. Personne ne devait remarquer son trouble. Elle ne voulait pas qu'on la prenne pour une de ces jeunes femmes capables de tomber en pâmoison à la moindre émotion ! Et de toute façon, Henry Clenneth et George Elias semblaient avoir l'intention de rester quelque temps : elle finirait bien par en savoir plus !

Prenant une grande inspiration, elle se redressa pour se diriger vers l'office.

Mr Clenneth attendit, bien plus tard, que le souper soit servi dans l'imposante salle à manger de style géorgien qu'Abigail prévoyait de redécorer, pour se tourner vers Amy :

— C'est un plaisir de faire votre connaissance, miss Rosebury. Bridgestone ne tarit pas d'éloges à votre sujet.

Amy sourit, incapable de produire la moindre réponse audible tant elle se sentait mal. *Ressaisis-toi*, songea-t-elle. *Tu n'as plus douze ans !*

— Savez-vous qu'Amy vous connaissait déjà ? lança Abigail.

— Vraiment ?

Mr Clenneth eut l'air gêné. Amy, elle, aurait voulu disparaître sous terre. Elle se souvenait que

Lisa avait effectivement dit à Abigail qu'elles avaient croisé la route de Mr Clenneth. Comment cette dernière avait-elle pu omettre d'informer sa sœur que celui-ci était un bon ami de son prétendant !

— Oui, notre cousine Lisa Lennox et elle vous ont vu chez un libraire de Covent Garden, cet hiver.

Mr Clenneth plongea ses yeux dans ceux d'Amy. Elle ne put soutenir son regard magnétique. Que cherchait-il à percer en elle ?

— Aimez-vous lire, miss Amy ? reprit-il en souriant poliment.

— Beaucoup, monsieur.

— Amy a toujours accordé beaucoup d'importance à l'éducation, renchérit Abigail avec fierté.

— Vraiment ? Et quelle littérature appréciez-vous ?

— Ma préférence va aux romans épiques, répondit Amy, gênée d'être soudainement au centre de l'attention. Mais j'apprécie également les penseurs philosophiques et politiques.

— En ce moment, Amy s'intéresse aux travaux de Mr Hobbes, ajouta William. Est-ce bien cela, Amy ? Ne soyez pas surprise. J'ai trouvé votre ruban en guise de marque-page dans la bibliothèque. Heureux stratagème par lequel vous pensiez sans doute nous dissimuler vos lectures ! J'admirerai toujours l'ingéniosité des femmes ! Enfin, Amy, je suis heureux que ce bon vieux *Léviathan* ne prenne plus la poussière. Et personne à cette table ne vous tiendra rigueur de vous attaquer à de plus solides ouvrages que les gazettes des colporteurs.

— Miss Rosebury, je suis impressionné, intervint Mr Elias. Que pensez-vous des idées de Hobbes ?

— Eh bien, Mr Elias, pour ne rien vous cacher je trouve cet homme un peu pessimiste, répondit Amy, mal à l'aise de devoir exprimer son point de vue à haute voix.

— Expliquez-vous, s'étonna Mr Elias avec un sourire encourageant.

— Il semble croire que les Hommes sont mauvais de nature. Je considère que c'est une vision peu chrétienne du monde.

Mr Clenneth acquiesça avec un sourire espiègle :

— Rousseau soutient, lui, que c'est la société qui nous pervertit. Mais je ne crois pas que cela fasse de Rousseau un meilleur chrétien que Hobbes.

Les autres convives rirent de bon cœur. Jean-Jacques Rousseau avait la réputation d'être irascible et paranoïaque.

— Pourtant, reprit Mr Elias plus sérieusement, je tends à rejoindre Hobbes.

Amy se sentait plus à l'aise pour interroger Mr Elias que son comparse. Elle lui trouvait l'air bonhomme d'un vieux précepteur attentionné. Aussi n'hésita-t-elle pas à lui demander des précisions sur ses idées.

— Vous pensez donc que si nous retournions à une époque où les hommes vivaient dans la nature et de manière inorganisée, nous serions également dans un état de guerre ?

— N'est-ce pas toujours le cas ? rit William. Avons-nous seulement quitté ce que Hobbes comprend comme l'état de nature ?

— Je crois que Hobbes voit juste lorsqu'il affirme que les hommes vivent en perpétuel mouvement dont ils craignent la fin. Cela signifie qu'ils sont effrayés par la mort. En conséquence, ils s'arment les uns contre les autres pour l'éviter, expliqua Mr Elias. C'est tout à fait paradoxal, j'en conviens. Car en agissant ainsi, ils ne font que provoquer leur fin.

— Mais pourquoi les hommes devraient-ils craindre la mort puisque, alors, Dieu les accueillera ? s'étonna Abigail.

Amy réfléchit. À Weymouth, les anciens du village s'éteignaient dans la tranquillité et la foi. Pour autant, elle savait que tout le monde ne partageait pas les mêmes croyances :

— Hobbes écrit dans un contexte trouble. Il n'est donc pas étonnant qu'il en vienne à douter.

— Il est certain qu'il a connu de violentes guerres de religion et qu'elles l'ont profondément influencé, renchérit Mr Clenneth d'une voix douce.

Son intervention désarçonna la jeune fille. Au début de la conversation, elle avait cru qu'il la testait. Elle avait hésité à parler car elle craignait de se ridiculiser en abordant des sujets qu'elle maîtrisait si peu, et voilà qu'il la soutenait. Et avec quelle bienveillance !

Le cœur d'Amy se mit à battre très vite. Elle sentait le regard de Mr Clenneth peser sur elle. Pour éviter de le croiser, elle se mit à inspecter le contenu de son assiette. Malheureusement, elle n'eut guère le temps de se composer une contenance car, déjà, Mr Elias reprenait :

— Et que pensez-vous, miss Rosebury, de la théorie de Hobbes selon laquelle les hommes se lient par contrat et décident d'abandonner toute souveraineté audit souverain ?

— Mr Elias, j'ai le sentiment que vous cherchez à me piéger ! Si j'ai bien compris, le souverain ne fait pas partie du contrat établi par les hommes. Il est au-dessus. Cela m'effraie un peu. N'est-ce pas de cette manière que le souverain peut se légitimer d'un pouvoir absolu ? Ne nous sommes-nous pas battus contre cela, nous, Anglais ?

— Peut-être. Mais il ne s'agit pas non plus du système français que nous avons condamné, sourit Mr Elias. Voyez-vous, Hobbes part du principe que le souverain se comportera bien et n'abusera pas de son pouvoir.

Abigail et William, qui n'avaient rien perdu de cette discussion, échangèrent un sourire complice.

— Cette chère France me semble un peu dangereuse en ce moment, intervint William Bridgestone.

— Avez-vous peur de la contagion ? s'enquit Mr Elias.

— Les Français considèrent que leurs droits sont universels et devraient être appliqués à tous les peuples, répondit Henry Clenneth. Ce jeune général, Bonaparte, a forcé l'Autriche à signer la paix. Je l'ai appris aujourd'hui…

— Cette révolution n'apportera que des malheurs, le coupa Abigail. Et quand je pense à tous ces gens décapités ou plutôt… guillotinés. J'en frémis.

— Certains considèrent que la guillotine est moins cruelle que la pendaison, fit remarquer Mr Clenneth avec ironie. On dit que la technique est plus efficace et plus rapide.

— Oh ! Mr Clenneth ! Tenez votre langue, s'effaroucha Abigail. Est-il bien vrai que votre tante a recueilli une pauvre victime des révolutionnaires ?

— Oui, Mrs Bridgestone. C'est exact. Il s'agit d'une jeune aristocrate, Mlle Marie-Clotilde Praslin de Crainville. Ses parents sont morts guillotinés par le Tribunal Suprême. Elle-même a pu y échapper grâce à sa servante qui l'a payé de sa vie. Ma tante se sentait en devoir d'assurer un avenir à cette pauvre orpheline.

— C'est effroyable ! Votre tante est un ange ! Quel âge a sa petite protégée ?

— Je crois, madame, qu'elle aura dix-sept ans dans quelques mois.

— Si jeune et ayant déjà connu tant de malheurs ! Je comprends certaines des revendications des révolutionnaires mais avaient-ils besoin de se comporter comme des voyous ! Ne pouvaient-ils prendre exemple sur nous ? Nous qui avons souffert Oliver Cromwell ? s'emporta Abigail, provoquant les sourires de Mr Clenneth.

— Vous connaissez le proverbe, Mrs Bridgestone. « L'homme affamé n'est pas un homme libre ». Le pays avait besoin de réformes.

— C'est vrai, Abigail, s'entendit dire Amy. Le devoir du souverain n'est-il pas d'assurer à ses sujets sa protection et leur subsistance ? Et que faire lorsque le souverain semble devenir un tyran ? Je ne cautionne en aucun cas ces violences. Mais la vie en France semble très différente. Que savons-nous de leur quotidien ? Peut-être est-il pire encore que celui de nos mineurs et de nos gens… Et puis, un homme n'a-t-il pas le droit de décider de son destin ? Un système politique ne doit-il pas essayer d'être juste et équitable ? On dit qu'il y avait beaucoup d'injustice et de différences entre la noblesse et le tiers état. Un homme volontaire et débrouillard n'aurait ainsi pas le droit de se forger un beau destin. Où est la liberté dans ce cas ?

Abigail se moqua gentiment.

— Amy, prenez garde de ne pas trop frayer avec les révolutionnaires, ou j'ai bien peur que l'un d'eux ne vous emporte un jour sur son cheval !

— Ce genre d'idéaux attire souvent la jeunesse, reconnut Mr Clenneth.

Son ton était si triste qu'il glaça Amy. Elle reçut cette remarque comme un coup au cœur. Manifestement, il ne la prenait pas au sérieux. S'était-elle méprise depuis le début de la soirée ? Mr Clenneth avait-il seulement voulu s'amuser d'elle ? Elle surprit le regard entendu que Mr Elias lança à son ami. La fin de la soirée lui laissa un goût amer et elle n'avait aucune envie d'aller se coucher. Cette journée avait été riche en surprises. Revoir Mr Clenneth n'avait fait que renforcer son trouble et l'ascendant que son charme opérait sur elle. Mais elle craignait désormais qu'il la trouve inintéressante. La conversation lui avait confirmé que c'était un homme extrêmement cultivé et très intelligent. Pourquoi se soucierait-il d'une jeune campagnarde ? Après tout, ces deux gentlemen n'étaient-ils pas simplement contents de faire parler une oie blanche et d'écouter ses sornettes ? Et pourtant, tous les deux semblaient bien incapables de la moindre méchanceté. D'autant qu'elle connaissait désormais suffisamment son beau-frère pour savoir qu'il n'accepterait jamais de fréquenter ce genre de personnes.

Mr Clenneth,

Nul doute que je devrais être aux anges de vous avoir été présentée… Alors pourquoi ne suis-je pas comblée ? À quoi bon vous revoir si ce n'était pour apparaître à vos yeux que comme une pauvre petite chose inculte ?

Pourtant…

Pourtant… il y a tant de douceur dans votre voix, une telle chaleur dans vos yeux, qu'il serait bien agréable d'être appréciée de vous. J'ai bien voulu croire un instant que c'était le cas. Mais j'ai compris combien vous m'étiez supérieur.

Je ne serai pas imprudente. Je promets de ne rien laisser paraître de mes sentiments.

Votre dévouée Amy

CHAPITRE 2

Si le naturel est bien un pli, l'éducation l'est aussi – Proverbe anglais

Déterminée à mettre en pratique sa résolution, Amy s'enferma toute la matinée suivante dans la bibliothèque de son beau-frère. Elle avait mal dormi, le cœur encore tourmenté de ses premiers échanges avec Mr Clenneth. Il s'était révélé aussi aimable qu'escompté, et lui avait manifesté plus d'intérêt qu'elle n'aurait pu espérer. Mais elle craignait qu'il ne la voie davantage comme un objet d'étude – une jeune femme naïve à instruire – qu'autre chose. Elle ne savait plus comment se comporter en sa compagnie et préférait rester discrète.

Recroquevillée près de la fenêtre, elle n'entendit pas la porte s'ouvrir. Elle sursauta lorsque le visiteur s'adressa à elle :

— Une fois que vous aurez achevé Hobbes, pourquoi ne pas poursuivre avec Locke ou Rousseau ? Eux aussi développent la thèse d'un contrat social.

Amy se retourna vivement pour découvrir Mr Clenneth qui tenait dans sa main un ouvrage. Il arbora un air contrit en s'approchant d'elle.

— Pardonnez-moi, miss Rosebury. Je ne voulais pas perturber votre lecture. J'espère ne pas vous avoir causé une trop grande frayeur.

— Pas du tout, monsieur, rassurez-vous, répondit Amy en reprenant son souffle. Cette bibliothèque est rarement fréquentée à cette heure.

— Je trouble donc votre quiétude. Pardonnez-moi, je vous quitte de ce pas.

— Non ! Non, n'en faites rien.

Amy regretta tout de suite d'avoir élevé la voix. Elle reprit plus calmement :

— Je vous prie de rester. Vous me parliez de Rousseau, je crois ?

Mr Clenneth sourit. Amy lui fit signe de s'asseoir.

— Tout à fait. Rousseau développe également un contrat social dans l'ouvrage éponyme.

Amy remarqua une fossette qui creusait son menton. Il avança de quelques pas vers l'un des chiffonniers d'angle, ses doigts jouant avec les boutons de cuivre des tiroirs.

— Miss Rosebury, continua-t-il d'un ton moins assuré. Je tenais à vous dire combien il est plaisant de voir une femme donner libre cours à sa curiosité et à la formation de son esprit.

Le feu monta aux joues d'Amy.

— C'est-à-dire que… ajouta-t-il, allant et venant le long des étagères derrière elle et laissant filer sa main sur le dos des ouvrages en cuir qui y étaient rangés. Je pense que les femmes ne devraient pas être privées du savoir. Et nous sommes responsables de cette situation, nous les hommes. Nous les sous-estimons souvent.

— Croyez-vous ? rit Amy, étonnée de la tournure que prenait la conversation. J'ai parfois l'impression que certains hommes craignent simplement que les femmes ne s'en sortent mieux qu'eux.

Un rire franc et clair lui répondit. Et elle vit le visage de son interlocuteur s'éclairer d'un large sourire :

— C'est bien possible. Et ils n'auraient pas tort.

— Merci pour vos encouragements, monsieur.

Mr Clenneth inclina la tête d'un air entendu. Comme la veille, les émeraudes de ses yeux brillaient intensément.

Il s'assit enfin en face d'elle et reprit plus posément :

— Pour ma part, j'encourage vivement ma jeune sœur à s'intéresser à tout. Enfin, quoi qu'il en soit, je souhaitais vous prêter ce livre.

Mr Clenneth lui présenta l'ouvrage qu'il tenait dans sa main : *Du Contrat social*, J.-J. Rousseau. Amy caressa le dos du livre. Son cœur jubilait. Il était venu la trouver intentionnellement dans la bibliothèque !

— Je crois que vous me surestimez, monsieur. Je n'aurai jamais le temps de le lire avant votre départ, protesta Amy.

— Je suis sûr que vous trouverez un moyen de me le faire parvenir, une fois fini. Soit par votre beau-frère, soit par George Elias. Et quand bien même, j'en ai un autre exemplaire à Dorrel.

Alors qu'Amy allait encore protester, Henry Clenneth déclara avec humour :

— J'insiste, miss Rosebury, maintenant que Hobbes n'a plus de secrets pour vous, il vous faut découvrir Rousseau, il en va de votre santé mentale… ou plutôt, disons, philosophique !

Il n'était plus question de discuter. Et Amy, dont le cœur n'avait cessé de tambouriner depuis le début de leur conversation, accepta avec gratitude ce prêt qui témoignait de l'intérêt du jeune homme. Il devait éprouver un peu de sympathie à son égard, sinon il ne se serait absolument pas intéressé à elle. N'était-ce pas ainsi que les hommes fonctionnaient ? Elle sentit naître au fond de son cœur un redoutable sentiment qu'elle avait choisi de faire taire jusqu'alors… un sentiment capable d'une terrible opiniâtreté. L'espoir.

Pour son plus grand bonheur, il avait été prévu que Mr Clenneth reste toute la semaine à Bath en compagnie de Mr Elias. Pourtant, dès le lendemain, il s'excusa. Des affaires urgentes le rappelaient à Londres.

Et c'est l'air sombre et le visage fermé qu'il se présenta devant le perron de la demeure des Bridgestone.

— Je ne sais comment vous remercier pour votre hospitalité, Mrs Bridgestone. Je suis navré de devoir ainsi écourter mon séjour. Mais j'ai bon espoir que nous nous voyions bientôt à Cheltenham.

— Bravo mon ami, dit Mr Elias visiblement soucieux de le dérider. Moi qui n'ai pas encore eu le temps d'inviter nos hôtes ! Voilà que vous faites les invitations pour moi. Ma parole, Henry, vous faites tout de travers ! Eh bien voilà, Mrs Bridgestone, miss Rosebury, William, ce serait pour moi une grande joie si vous acceptiez de venir goûter aux chaleurs de juin dans ma propriété de Crawfield, près de Cheltenham.

— Merci mon ami, nous en serions honorés.

Entre-temps, Mr Clenneth avait chaussé ses étriers.

— Faites bon voyage Henry. J'espère que ce n'est pas l'état de santé de votre tante qui vous rappelle ainsi, s'alarma William.

— Mrs Clenneth se porte aussi bien que possible, rassura Mr Clenneth en agrippant ses rênes.

Il lança un coup d'œil entendu à George Elias qui hocha la tête. Quelques instants plus tard, il avait quitté Camden Place, sans un geste de plus vers ses hôtes.

Son départ laissa Amy d'humeur très morose. Une journée avait suffi pour confirmer les premiers sentiments qu'elle avait éprouvés en l'apercevant à Covent Garden et qu'elle s'attache à Mr Clenneth bien plus qu'elle n'aurait dû. Pourtant, quel étrange personnage ! Pourquoi n'avoir rien expliqué de ce qui le contraignait à rentrer si précipitamment à Londres ? Pourquoi témoigner un jour de son intérêt à Amy et la saluer si froidement le lendemain ? Pourquoi s'en aller en l'ignorant ? Et puis, quelle signification donner à ces regards qu'elle avait surpris entre Mr Elias et lui ?

Elle n'eut guère le temps de s'appesantir davantage sur le comportement de Mr Clenneth. Une lettre de Catherine arracha les demoiselles Rosebury à la vie mondaine de Bath. Elle annonçait que, Robert s'étant couvert de dettes, leur père l'avait forcé à trouver une occupation qui lui assurerait une autonomie financière. Leur aîné avait alors claqué la porte de la maison familiale pour intégrer l'armée, abandonnant ses parents à leur tristesse et à leurs inquiétudes. Catherine sommait par conséquent ses sœurs de venir à leur tour remplir leur devoir envers leurs parents et, par là même, la soulager de son fardeau.

Abigail, William et Amy passèrent donc mai à Weymouth auprès de leurs parents. Tandis que le calme enveloppait le chaleureux cottage à colombages qui donnait sur la côte, le soleil baignait petit à petit le jardin. Les allées se coloraient de fleurs nouvelles de mille et une teintes différentes.

Amy errait souvent au gré des chemins qu'elle avait maintes fois arpentés dans sa jeunesse. Elle repensait à tout ce qui était arrivé depuis que les fleurs avaient fané à l'automne dernier. Robert avait coupé les ponts, laissant ses parents profondément attristés par la situation. Les Rosebury craignaient de s'y être mal pris avec lui et tremblaient à l'idée qu'il puisse être blessé, ou pire encore. Un lointain héritage avait emmené les Lennox en Irlande, séparant Amy de sa chère confidente Lisa. De même, Abigail étant mariée, les sœurs étaient vouées à s'éloigner. Et puis, par-dessus tout, elle avait rencontré Henry Clenneth. Elle se remémorait chacun des instants passés en sa compagnie depuis leur rencontre officielle dans le salon d'Abigail et de William. Contrairement à ce qu'elle avait envisagé, elle serait sans doute amenée à le revoir. Qu'adviendrait-il alors ? Ces derniers mois, la vie si paisible des Rosebury s'était trouvée modifiée pour le meilleur et pour le pire. À présent que cette existence ordonnée s'était envolée, le futur semblait imprévisible. En proie à d'angoissants pressentiments, Amy sentait s'échapper la douceur de son enfance et redoutait ce que l'avenir semblait lui réserver.

Avec les premiers soleils de juin, vinrent les préparatifs du départ pour le comté de Mr Elias. Amy s'enthousiasmait à l'idée de quitter quelque temps le morne quotidien de Weymouth. Sa hâte croissait à mesure que la date fixée approchait, d'autant que Catherine, qui, malgré son jeune âge, digérait mal le fait d'être de nouveau abandonnée à ses parents, était d'une humeur massacrante. Et lorsqu'il fut temps de préparer sa malle, elle prit soin d'y ranger soigneusement son précieux coffret de bois peint, ainsi que l'exemplaire du *Contrat social* que Mr Clenneth lui avait prêté.

Le voyage se déroula de manière plaisante. Il faisait encore frais pour un mois d'été mais les routes étaient sèches.

— Quelle joie de revoir bientôt ce bon vieil Elias, dit William installé confortablement aux côtés de sa femme dont le ventre commençait déjà à s'arrondir.

— C'est certain, acquiesça Abigail. Amy, n'êtes-vous pas heureuse de revoir George Elias ?

— Bien sûr, répondit Amy.

Mr Elias… Certes, elle serait contente de le retrouver. C'était un homme plaisant et simple. Elle savait qu'ils pourraient devenir de bons amis. Mais le voyage aurait eu moins de saveur si Amy n'avait pas nourri le secret espoir de retrouver également le fidèle ami de ce dernier.

— Pas plus que cela ? s'étonna Abigail.

— Que cherchez-vous à me faire dire ?

— Mais rien. J'apprécie beaucoup Mr Elias. Et je sais que lui aussi vous admire énormément.

Ainsi, c'était là où Abigail voulait en venir ! Au moins Amy n'avait pas à craindre qu'on lui soupçonne un penchant pour Mr Clenneth.

— Oh Abigail ! Je vous en prie ! Je ne crois pas que Mr Elias ait jamais pensé à moi de cette façon.

— Pourquoi pas, chère belle-sœur ? intervint innocemment William. Il aurait bien tort !

— William ! Pas vous ! Ne joignez pas vos forces à celles d'Abigail, je vous en prie, implora la jeune femme.

— Je ne vous ennuierai point, chère Amy. Mais, il est vrai que j'ai noté combien Elias était heureux de converser avec vous ! Il vous trouve spirituelle et cultivée.

— Tout à fait. Une bonne conversation entre les époux est le socle d'un mariage réussi, dit Abigail d'un ton docte. De plus, son tempérament vous siérait à merveille… une fois quelque peu dépoussiéré de ses habitudes de vieux célibataire.

Amy n'en croyait pas ses oreilles. Mr Elias ! Certes, c'était l'un des hommes les plus gentils qu'il lui eût été donné de rencontrer. Mais à ses yeux, il avait un gros défaut : il n'était pas Henry Clenneth ! Le souvenir du jeune homme – en particulier celui du regard intense qu'il avait posé sur elle dans le salon d'Abigail et de ses encouragements dans la bibliothèque de cette dernière – continuait de nourrir sa mémoire.

— Abigail, je ne voudrais pas paraître ingrate ou impolie. Vous savez pertinemment combien j'exècre qu'on me cherche un mari. Par ailleurs, j'aimerais vous rappeler que William et vous avez bénéficié de la discrétion de chacun d'entre nous avant votre mariage. Je préférerais que vous ne vous mêliez point d'hypothétiques affaires sentimentales me concernant, d'autant que celles-ci sont totalement infondées. Et je vous prierai de ne rien glisser de vos idées fantasques auprès de Mr Elias. Le pauvre homme risquerait bien d'en être tout déboussolé.

— Amy marque un point, ma chérie.

— J'en conviens. Chère Amy, je connais votre pudeur sur les affaires de cœur. Cependant, je trouve que cette fois vous mettez beaucoup trop de verve à vous défendre. Bien, bien, ajouta Abigail devant le regard noir de sa cadette, je ne dirai plus rien. Je crois simplement que William et Mr Clenneth seraient heureux de voir George installé en ménage.

Amy leva les yeux au ciel.

— Oui, approuva William. Ce n'est pas parce que Henry a juré de ne jamais se marier qu'Elias doit en faire autant ! Je n'ai d'ailleurs jamais compris pourquoi il se confinait à cette vie de célibataire isolé.

— Mr Clenneth a juré de ne jamais se marier ?

Amy sentit sa voix se briser. Heureusement, ni William ni Abigail ne semblèrent le remarquer.

— Voyons Amy, vous en avez forcément entendu parler ? s'étonna Abigail. On raconte que Henry Clenneth a eu le cœur brisé et a juré de ne jamais unir sa vie à celle d'une femme. Cela a fait du bruit à l'époque.

Voyant que sa sœur restait incrédule, elle poursuivit :

— Lorsqu'il n'avait que dix-huit ans, il était fiancé avec une très belle jeune fille rencontrée à Londres : Miss Helen Phillips. Ils s'aimaient profondément mais la famille Phillips s'opposa au mariage. Apparemment Miss Phillips était déjà engagée depuis sa naissance à un autre homme. Ne froncez pas les sourcils, Amy, je vous assure que c'est la vérité ! Vous savez bien que c'est pratique courante dans certaines familles. Helen Phillips, dans sa grandeur d'âme, respecta le vœu de ses parents qui entendaient ainsi s'assurer l'accès à une immense fortune. L'élu était l'un des plus grands héritiers d'Écosse. Mr Clenneth, lui, n'avait pas encore été désigné comme l'unique héritier de Mrs Clenneth. Les deux jeunes gens furent, par conséquent, séparés. Il se murmure que leurs adieux furent terribles. Mr Clenneth se conduisit en gentleman mais eut le cœur brisé pour toujours.

— Henry se confie rarement sur ses sentiments, ajouta William. Ce n'est pas dans son tempérament. Mais il est certain que cette histoire l'a beaucoup affecté.

— On dit qu'il jura de rester fidèle à son unique amour. Comme c'est tragique ! Comme c'est beau ! conclut Abigail en s'essuyant les yeux avec son mouchoir.

Les passagers de la calèche se firent silencieux quelques instants. À son grand désarroi, Amy dut admettre que cette confidence la tourmentait beaucoup. À présent, elle entrevoyait assez clairement la raison pour laquelle Mr Clenneth ne pouvait lui témoigner *que* de la sympathie. Dire qu'elle n'était pas déçue aurait été un mensonge. Plus elle découvrait Mr Clenneth, plus elle l'admirait. Amy, pourtant si raisonnable, en venait même à craindre l'emprise qu'il avait gagnée sur elle sans le savoir, et en si peu de temps…

Après quelques kilomètres dans la campagne du Gloucestershire, on aperçut enfin Crawfield. C'était une belle et grande demeure de briques rouges. Le perron central était encadré par deux larges ailes. On discernait une cour intérieure où une haie de buis apportait une touche végétale à l'ensemble pour le moins minéral.

Mr Elias se tenait près du perron. Droit comme un *i*, les mains dans le dos, il arborait cet air solennel qui lui était si familier. Mais, une fois la voiture arrêtée près de lui, il se précipita avec diligence pour offrir son bras à Abigail.

— Chère Mrs Bridgestone, vous ne pouvez savoir à quel point je suis heureux de vous accueillir ici ! Je sais qu'on ne parle pas de ce genre de choses mais je me dois de vous féliciter pour cette naissance qui s'annonce. Vous êtes radieuse ! Et quelle joie de voir la dynastie Bridgestone en si bonne voie ! Cher William, le voyage fut-il plaisant ? Miss Rosebury, je suis ravi que vous vous soyez également arrachée à la côte sauvage pour accompagner votre sœur.

— Mr Elias, répondit Amy tout sourire. Votre invitation me ravit.

— J'espère que vous trouverez la bibliothèque aussi agréable que celle de votre beau-frère et que les promenades dans le parc pourront remplacer celles de Bath.

— Je n'en doute pas, votre domaine est réellement magnifique.

William et Abigail échangèrent un petit sourire complice qu'Amy préféra oublier.

William était un habitué des lieux, mais Amy et Abigail, qui découvraient la propriété, ne purent que s'extasier avec enthousiasme lorsqu'elles aperçurent le vaste parc du domaine et que Mr Elias ouvrit la voie pour leur faire visiter l'immense bâtisse. L'intérieur était aménagé avec goût, même s'il manquait d'une touche féminine.

Amusé par les louanges d'Abigail, Mr Elias finit par protester :

— Mrs Bridgestone, je goûte avec joie à vos compliments, car je sais que vous peinerez à en trouver d'autres, une fois que vous aurez vu Dorrel Park, la demeure des Clenneth. Voyez-vous, Henry possède un avantage considérable : il est doté d'une sœur délicieuse qui a pris soin d'aménager leurs salons avec toute la science et la sensibilité propres à votre sexe. Alors qu'ici, vous êtes dans la tanière de l'ours !

— L'ours me semble tout de même bien léché, Mr Elias, répondit Abigail en riant.

Mr Elias leur avait fait préparer des appartements des plus agréables. Il avait même pensé à y faire déposer des fleurs fraîches et quelques livres. À peine installée dans sa chambre, Amy déchiffra le dos des ouvrages qu'on avait déposés sur le linteau de sa cheminée. *Historia* d'Hérodote, *La Politique* d'Aristote, et *Utopia* de Thomas More. Alors qu'elle en caressait les couvertures, on frappa et Mr Elias passa sa tête par l'interstice de la porte :

— Je vois que vous vous installez ! Avez-vous discuté de ces classiques avec Henry ? Il m'a dit qu'il vous avait prêté un exemplaire de Rousseau.

— En effet, je l'ai apporté avec moi. J'espère pouvoir le lui rendre.

— Henry n'est malheureusement pas à Cheltenham en ce moment. Mais nul doute qu'il reviendra bientôt.

Amy tenta de masquer sa déception. Après tout, Mr Elias venait de lui annoncer une bonne nouvelle : Mr Clenneth avait pris le temps de parler d'elle.

— Et l'histoire, miss Amy ? Aimez-vous l'histoire ?

— Beaucoup. Par exemple, j'ai eu l'occasion de lire quelques extraits des *Vies parallèles* de Plutarque en latin et de *La Guerre du Péloponnèse* de Thucydide. Néanmoins, il me semble que c'est Hérodote qui a fondé, le premier, une véritable méthode historique, n'est-ce pas ?

— C'est vrai, répondit Mr Elias. Le titre de son livre, *Historia,* peut être traduit par « Enquête ». J'espère que ce choix de lecture sera à votre goût comme je l'escomptais. Si cela ne vous plaît pas, il faudra vous plaindre également à Henry et à sa sœur, Miss Margaret, car je dois avouer qu'ils m'ont un peu aidé à agencer les choses pour votre arrivée. Margaret en particulier a rédigé toute une série de directives à l'intention de ma gouvernante ! Je ne voulais pas que mes manières d'ours effraient les demoiselles Rosebury.

— Voyons, Mr Elias. Mais qu'allez-vous imaginer ! Il va falloir que vous cessiez de vous comparer à ce dangereux carnivore ! Quoi qu'il en soit, je suis touchée que vous vous soyez donné tant de mal. Vraiment, il ne fallait pas. Vous êtes comme un frère pour William. Il ne fallait pas vous tracasser autant pour nous !

— Ce n'est rien, ce n'est rien. Ce n'est pas si mal que j'apprenne enfin à sortir de mes livres. En parlant de livres, vous vous en doutez, la bibliothèque est tout à vous. Bien, je vous laisse finir de vous installer.

Une fois seule, Amy extirpa avec soin le *Contrat social* qu'elle avait empaqueté dans sa malle. Elle soupira en s'asseyant sur le large lit à baldaquin de velours qu'on avait préparé pour elle. Allait-elle seulement pouvoir rendre en main propre l'ouvrage à son propriétaire ?

Mr Elias ayant à cœur de divertir ses hôtes, il mit tout de suite une voiture à la disposition d'Abigail et d'Amy pour qu'elles puissent découvrir le village et effectuer leurs menus achats.

Les deux sœurs se mirent aussitôt à explorer Cheltenham avec enthousiasme. Fidèle à son naturel jovial, Abigail engageait la conversation avec tous les commerçants et les artisans qu'elle croisait, de sorte que, au bout d'une quinzaine de minutes, tout le village savait déjà que Mr Elias recevait des visiteurs. Ce qui semblait constituer un véritable événement !

Entre deux chapeaux, elle s'attarda à papoter avec la femme du modiste. Bientôt le dialogue glissa vers un sujet qui attisa l'attention d'Amy.

— Quel jeune homme aimable ! s'exclama la marchande. Pour sûr que nous sommes gâtés ici. Voilà deux vrais gentlemen que Mr Clenneth et Mr Elias. Ah Mr Clenneth, il me semble que c'était hier qu'il jouait dans les rues avec son ami d'enfance.

— Il jouait dans les rues avec Mr Elias ? pouffa Abigail qui peinait visiblement à imager la scène.

— Non ! Non ! Pas Mr Elias ! Ils sont amis depuis toujours mais ils ne couraient pas dans les prés ensemble, pour sûr ! Je ne crois pas que Mr Elias ait jamais couru nulle part d'ailleurs ! Non, j'parle du ptit Cole, le fils du palefrenier. Il semblait si gentil quand il était petit. Mais de traîner avec le fils de son maître, ça lui a donné des idées. Il a voulu être un grand homme aussi, sûrement. Oui m'dame ! Et voilà qu'il est parti en France ! Participer à la Révolution ! Quelle idée ! Enfin… voilà… Il est mort là-bas !

Sa curiosité piquée au vif, Abigail rapporta l'étrange conversation à son mari. Mais William lui suggéra d'oublier cette anecdote. Selon lui, on ne savait pas où avait disparu Cole… et cette histoire pesait encore lourdement dans le cœur de Henry Clenneth.

Amy commençait à trouver son quotidien bien terne en comparaison des histoires qu'elle découvrait chaque jour sur l'existence – décidément complexe – du fameux gentleman qui occupait ses pensées. Laissant son esprit vagabonder, elle ne put s'empêcher de se demander à quoi avait pu ressembler la vie héroïque et le destin extraordinaire du simple palefrenier Cole qui, avec des idées pour seul bagage, était allé se battre pour la création d'un nouveau monde.

Au programme des festivités, Mr Elias avait bien évidemment prévu qu'on rende visite à Miss Clenneth.

Comment décrire l'émerveillement des sœurs Rosebury lorsque la voiture fit son entrée dans le parc de Dorrel ? Mr Elias n'avait pas menti. Dorrel Park était une superbe demeure dont la façade claire, soutenue par une colonnade, exprimait richesse et raffinement. En franchissant le porche, le visiteur ne pouvait que se sentir ridiculement minuscule face à tant de splendeur.

C'est avec une joie non dissimulée qu'Amy et Abigail furent introduites auprès de Miss Margaret Clenneth. Amy se sentait bien un peu impressionnée de rencontrer la sœur de Mr Clenneth mais elle fut vite rassurée par les manières aimables et la fraîcheur de la jeune femme. Et devant le franc sourire qui illumina le visage de Miss Clenneth lorsqu'elles s'approchèrent, aucune des sœurs Rosebury ne douta qu'elle partageait leurs sentiments. Amusés de tant d'enthousiasme, Mr Elias et William Bridgestone laissèrent les trois jeunes femmes entamer la conversation.

Accomplie comme il se doit, Miss Margaret était douce et ouverte. Il était impossible de ne pas l'apprécier.

Elle avoua aux sœurs Rosebury que la compagnie lui faisait parfois cruellement défaut dans ce coin du pays et que, même si elle vouait une adoration sans bornes à son frère et à ses amis, elle était ravie de rencontrer d'autres jeunes femmes de son milieu. Elle témoigna très vite à Amy un intérêt plus poussé :

— George m'a dit que vous étiez passionnée de lecture et que lorsqu'on vous cherchait, il fallait tout de suite vérifier la bibliothèque, affirma-t-elle en riant.

Amy sourit.

— Je vois que ma réputation de rat de bibliothèque me précède. Et vous-même, miss Clenneth, accordez-vous une grande importance à vos études ?

— Oui, et je dois dire que j'ai eu la chance d'avoir un frère qui considérait que c'était essentiel. Henry n'en a que faire que je sache chanter, dessiner ou jouer du piano, l'important pour lui est que je sache réfléchir. Il a même réussi à me passionner pour la constitution des États-Unis d'Amérique, c'était un pari difficile. Son attitude est si peu conventionnelle que j'ai parfois eu l'impression qu'il faisait de moi un singe savant.

— Eh bien en voilà une charmante ménagerie ! Si vous êtes un singe, je suis un rat, et n'oublions pas Mr Elias qui se compare à un ours, dit Amy en riant.

— Ce cher George est impitoyable avec lui-même, concéda Miss Clenneth en se tournant vers l'intéressé qui fit semblant de ne pas avoir entendu.

— C'est certain, acquiesça Amy en souriant.

— Comment se porte la jeune protégée de votre tante, miss Clenneth ? s'enquit Abigail.

— Bien, aux dires de Henry. C'est si gentil à vous de vous en préoccuper, Mrs Bridgestone. Henry m'a dit combien son histoire vous avait émue. Elle parle couramment anglais maintenant. Mais j'ai cru comprendre que son éducation comportait de grandes lacunes. Songez qu'elle n'avait guère que dix ans lorsque les troubles ont commencé en France. Et à peu près quatorze lorsque ses parents ont disparu. Pauvre petite…

Margaret Clenneth était sincère. On voyait qu'elle plaignait de bon cœur l'orpheline française. Pourtant Amy ne put s'empêcher de remarquer qu'elle-même était sans doute bien plus jeune lorsqu'elle avait dû faire face au départ de ses propres parents. Mais sans doute s'estimait-elle heureuse d'avoir pu compter sur l'attention et l'amour d'un frère dévoué quand Mlle de Crainville n'avait connu que troubles et violences.

— Si jeune et ayant déjà connu un tel lot de malheurs ! se lamentait Abigail. Je serais heureuse de lui exprimer mon admiration et mon soutien.

— Vous êtes fort aimable, Mrs Bridgestone. Nous veillerons à cela. Mais je crains fort que Mlle de Crainville n'aille au-devant de nouvelles difficultés.

— Que voulez-vous dire ? s'étonna Amy.

— Ma tante, Mrs Clenneth, se porte mal. Son état s'est dégradé très rapidement. Henry et moi nous préparons au pire et lui rendons visite régulièrement. Nous réfléchissons également à l'avenir de Mlle de Crainville car, lorsque ma tante disparaîtra, il sera de notre devoir de lui assurer un avenir.

— C'est certain, acquiesça gravement Abigail. Je suis sûre que Mr Clenneth et vous-même ferez tout ce qui est en votre pouvoir pour subvenir à ses besoins.

— Oh oui. Vous connaissez mon frère, Mrs Bridgestone. L'honneur est pour lui un devoir. Cependant la chose ne sera pas aisée. Il y a de nombreuses considérations à prendre en compte. Par exemple, où vivra-t-elle ? Il serait triste de lui faire préparer une maison où elle logerait, seule et oisive. D'autant qu'elle est encore bien jeune. Et pourtant que diraient les gens si nous la prenions ici ou au domaine Clenneth ? Ce n'est pas la sœur de Henry. Cela ferait mauvais genre.

— Effectivement, c'est une question délicate.

George Elias, qui s'était tenu coi depuis le début de la conversation, observant les jeunes femmes babiller comme on assisterait à un tournoi de jeu de paume, intervint :

— Margaret, je me demandais… Ne pensez-vous pas que Henry pourrait songer à l'épouser ?

— George ! le gronda aussitôt Margaret. Vous savez qu'il n'est pas dans mon habitude de discuter en public des affaires privées de mon frère.

— Pardonnez-moi, douce Margaret. Les Bridgestone et Miss Rosebury font, pour moi, partie de la famille. J'en oublie parfois d'être plus discret.

Margaret Clenneth se radoucit et secoua ses belles boucles rousses :

— Oh, Mr et Mrs Bridgestone, miss Rosebury, ne m'en veuillez pas. Je sais que mon frère n'aime pas que l'on cancane dans son dos. Le pauvre en a déjà beaucoup souffert lorsque ses fiançailles ont été rompues. À vrai dire, si cela n'avait pas été vous, je n'aurais même pas évoqué notre souci pour le sort de Mlle de Crainville.

— Soyez rassurée, miss Clenneth. Nous comprenons, dit doucement Abigail. Mais m'autoriseriez-vous à quelques suggestions qui pourraient soulager vos tourments ?

Puis se tournant vers son mari :

— Chéri, ne m'avez-vous pas parlé d'une amie de votre père qui vit seule à Londres et s'y trouve désœuvrée ?

— Si, très chère. Lady Tornwell est une femme de confiance et dotée d'un cœur d'or. Je sais par mon père que, malgré son statut, elle souffre grandement de la solitude depuis le décès de son mari. Elle serait sans doute ravie de superviser l'éducation de Mlle de Crainville jusqu'à ce que celle-ci se marie. Qui plus est, étant donné son rang, ce serait une recommandation de choix pour une aristocrate française.

— Lady Tornwell, s'exclama Miss Clenneth. Quelle brillante idée ! Mon frère a pour elle beaucoup d'admiration. Oh merci Mrs Bridgestone, j'en parlerai à Henry quand il reviendra.

— Je suis heureuse de pouvoir vous aider, miss Clenneth. Voyez-y un gage de notre amitié.

— Je vous en prie, Mrs Bridgestone, miss Rosebury, appelez-moi par mon prénom !

Le quotidien de Margaret Clenneth s'illumina d'une gaîté nouvelle à mesure que son amitié envers les sœurs Rosebury se développait. Car chaque jour qui s'écoulait renforçait davantage les liens entre Dorrel Park et Crawfield, et le voisinage s'amusait de voir passer régulièrement les voitures de l'une ou des autres sur le petit chemin.

CHAPITRE 3

À PORTER SES AMIS, NUL NE DEVIENT BOSSU – PROVERBE ANGLAIS

Les jours passaient et Mr Clenneth ne revenait pas. Puis il ne resta plus que Mr Bridgestone pour veiller sur ce petit monde féminin. Mr Elias, ayant reçu une missive des plus sérieuses, s'était absenté pour quelques jours. Il n'avait pas souhaité alarmer ses invités mais tous avaient pu deviner à son air inquiet que l'affaire devait être grave. Ainsi, lorsqu'il partit, Amy se prit à prier que le courrier ne concerne pas Mr Clenneth dont Margaret ne leur avait donné aucune nouvelle.

Le temps avait changé et dans la chaleur écrasante de ce début du mois de juillet 1797, Amy ne parvenait pas à dormir. Espérant que la nuit lui apporterait un peu de fraîcheur, elle sortit un soir vers minuit pour prendre l'air. Elle venait de parcourir quelques allées lorsqu'elle perçut distinctement le son d'un cheval au galop. Effrayée, elle se précipita vers la haie et s'y dissimula. Elle eut le temps de voir un cavalier longer le parc. Il semblait serrer une masse sombre contre lui. À en juger par le volume, il aurait pu s'agir d'un corps. Le cheval allait si vite et, la nuit était si profonde, qu'Amy ne pouvait en être sûre, ni reconnaître les traits du cavalier. Pourtant, elle aurait juré avoir distingué la silhouette fugace de Mr Clenneth. Décidément, cet homme l'obsédait ! Son imagination lui jouait certainement des tours.

Un peu plus loin, le bruit des sabots s'arrêta net.

Soudain consciente du danger qu'elle encourait, Amy prit peur. Sa curiosité était vaincue. Elle n'avait plus qu'une envie : être en sécurité dans son lit.

Elle percevait à présent tous les sons inhabituels de la nuit. La chaleur l'étouffait. De lourds nuages avaient couvert les rayons de lune et l'obscurité l'oppressait. Sombrant dans la panique, elle se mit à courir vers la maison. Il fallait rentrer le plus vite possible ! Comme la demeure semblait loin à présent ! Maudite chemise de nuit qui la gênait dans ses mouvements et s'accrochait aux branches des buissons !

Elle heurta de plein fouet une silhouette imposante. Elle voulut hurler mais l'homme fut plus prompt qu'elle et la bâillonna de sa main gantée de noir. Dans son affolement, Amy se débattait comme une furie.

— Calmez-vous, miss Amy, je vous en supplie. Vous ne craignez rien, lui chuchota l'homme avec douceur.

Elle reconnut aussitôt la voix qui poursuivait :

— C'est moi, Henry Clenneth. Je vous en prie, ne criez pas, dit-il en relâchant son étreinte.

Amy poussa un soupir de soulagement, tandis que ses jambes se dérobaient sous son poids. Mr Clenneth la fit s'asseoir à même le sol et s'agenouilla près d'elle. Visiblement inquiet de la voir si bouleversée, il lui tenait la main tout en lui murmurant quelques mots réconfortants. Bientôt, la respiration de la jeune femme retrouva son rythme normal. Aurait-elle pu lui avouer qu'elle ressentait une certaine quiétude à se tenir si près de lui, dans cette situation incongrue ? Son cœur battait encore la chamade.

— Bonté divine, Mr Clenneth ! dit-elle enfin. Que faites-vous ici ? J'ai cru à quelque bandit !

— Je pourrais vous retourner la question, fit-il, amusé. Vous êtes la dernière personne que je m'attendais à voir cette nuit ! Miss Amy, je suis venu trouver George Elias. Je n'ai plus un seul instant à perdre. Il s'agit d'une affaire très urgente.

Amy ne l'avait jamais vu si agité.

— Mr Elias n'est pas là, monsieur. Il a quitté Crawfield ce matin même.

— Seigneur ! Évidemment, il a dû recevoir ma missive ! Que faire ?

Son soupir fendit l'âme d'Amy qui n'osait l'interroger.

Il reprit d'un ton plus ferme :

— Miss Amy, rentrez vous coucher, je vous en prie ! Oubliez que vous m'avez vu ce soir, il le faut ! Ne parlez de ceci à personne. Je vous en supplie, lui ordonna-t-il en l'aidant à se relever.

— Avez-vous des problèmes ? Est-ce si grave ? s'alarma Amy.

— Ne vous inquiétez pas pour moi ! Rentrez !

Amy n'avait aucune envie de l'abandonner :

— Non, Mr Clenneth. Je ne peux vous laisser dans un tel état d'inquiétude. La providence a voulu que vous me trouviez sur votre route ce soir. Si vous avez des ennuis, laissez-moi vous venir en aide !

Henry Clenneth allait protester quand un gémissement leur parvint depuis l'autre côté de la haie. Il n'eut pas le temps d'arrêter Amy. Celle-ci se précipita et découvrit un homme blessé et fiévreux, couché sur le cheval de Mr Clenneth.

— Mon Dieu ! Qui est-ce ? Il a l'air très mal en point. Faisons-le rentrer à Crawfield et envoyons quelqu'un chercher un médecin !

Elle allait retourner vers la maison. Mr Clenneth la rattrapa. Il l'implora d'un ton désespéré :

— Non, miss Rosebury ! Tout cela doit rester secret. Je dois mettre cet homme en lieu sûr. Et j'irai moi-même chercher un médecin de confiance.

— Mais vous ne pouvez pas le laisser seul, abandonné je ne sais où, pendant ce temps-là !

— Je le regrette. Je n'ai pas d'autre choix !

— Je viens avec vous ! Je prendrai soin de cet homme pendant votre absence.

— Miss Rosebury, vous n'y pensez pas ! Hors de question ! Ce n'est pas la place d'une jeune fille, ajouta-t-il devant l'insistance d'Amy.

— Il est trop tard pour ne pas me mêler à cette affaire, monsieur. Croyez-vous sincèrement que je puisse aller me recoucher en sachant qu'un homme agonise tout seul, à deux pas de la maison ? Je ne céderai pas !

Mr Clenneth était tiraillé. La détermination de la jeune femme l'impressionnait et il fallait agir vite car la santé du blessé se dégradait rapidement. Le temps était compté et Amy ne semblait pas décidée à obtempérer. Il se résolut donc à hisser la jeune femme sur son cheval derrière lui.

Amy savait qu'elle aurait dû être terrorisée. Elle chevauchait dans la nuit noire pour prendre soin d'un inconnu dans des circonstances étranges. Cependant, serrée contre Mr Clenneth, au mépris de toutes les convenances, elle ne ressentait aucune frayeur. Elle éprouva même une certaine honte lorsqu'elle comprit qu'elle aurait voulu que la chevauchée se poursuive indéfiniment.

Elle se rendit bientôt compte que Mr Clenneth avait pris la direction de Dorrel Park. Au lieu de rentrer dans la cour, il prit à droite avant le portail et galopa au travers des champs de la propriété. Maintenant que les nuages se dissipaient, on apercevait le flanc de l'immense demeure. Seuls un petit muret et un portillon de bois vermoulu la séparaient des champs. Le cavalier ralentit alors qu'ils se rapprochaient de la maison et s'arrêta près d'un grand bassin.

— Attendez-moi ici je vous prie, fit-il en chargeant l'homme sur son dos. Pouvez-vous faire le guet ? ajouta-t-il en renvoyant Honey, sa monture, vers les prés du domaine.

Fébrile, Amy acquiesça et vit Mr Clenneth disparaître avec l'homme derrière la pièce d'eau. De longues minutes s'écoulèrent. La jeune femme commençait à s'inquiéter, à l'affût du moindre bruit. Faire le guet. Certes, mais pourquoi ? Quelqu'un avait-il suivi Henry Clenneth. Et que ferait-elle si, justement, quelqu'un approchait ? Comment préviendrait-elle Mr Clenneth ? Si une ombre hostile surgissait devant elle ? Un brigand ? Un bohémien ? Elle pourrait crier. Mais alors la totalité de la maisonnée serait réveillée et le secret éventé. Le mieux était de s'armer… Oui, elle assommerait l'éventuel intrus à l'aide d'une des pierres qui cernaient le bassin. Doucement, elle se baissa et en saisit une. En dépit de sa rugosité glaciale, la pierre la rassura. Elle resta ainsi de longs instants dans la pénombre, avec pour seule compagne sa respiration haletante que la nuit amplifiait à outrance.

La silhouette de Mr Clenneth réapparut enfin dans le clair de lune.

— Venez vite.

Il lui prit la main. L'un des rocs encadrant le bassin était bancal. Il le repoussa et se faufila dans le trou. Puis il attrapa Amy par la taille pour la faire descendre à son tour. Elle fut frappée de constater à quel point l'atmosphère froide du souterrain contrastait avec la chaleur épaisse qui régnait à l'extérieur. Mr Clenneth fit glisser la pierre au-dessus de lui. Ils se retrouvèrent plongés dans l'obscurité complète.

— Nous sommes dans le souterrain secret du domaine.

— Je ne vois rien, bredouilla Amy.

— La lampe est restée au bout du tunnel, avec lui. N'ayez crainte, je vous guiderai. Je connais chaque saillie, chaque courbe de ce souterrain par cœur. Surtout, prenez garde de tenir votre tête baissée.

Il encercla ses épaules de son bras gauche et lui attrapa la main en murmurant :

— Permettez-moi.

Amy sentit qu'il était gêné par la promiscuité qu'entraînait cette étrange situation, mais au regard de l'étroitesse du canal, ils ne pouvaient guère faire autrement. Ils commencèrent leur marche à l'aveuglette. Mr Clenneth les guidait en suivant les aspérités de la roche de sa main droite. On entendait les gouttes perlant le long de la voûte tomber dans les flaques qui mouillaient les pieds déjà gelés d'Amy. Elle frissonna et sentit son compagnon renforcer subrepticement son étreinte pour l'encourager. À mesure qu'ils s'éloignaient du bassin, les murs semblaient moins humides et le sol détrempé se muait en fine poussière.

Au bout de quelques minutes et de plusieurs virages, Amy put enfin apercevoir une lueur.

Le canal débouchait sur une chambre creusée dans la roche. Henry Clenneth y avait amené l'homme blessé qui était couché sur un lit de fortune, la lampe posée à côté de lui. Une épaisse cheminée était creusée à droite.

— Vous ne craignez rien ici. La pièce est saine. L'air nous parvient par la cheminée mais la lumière de la pièce n'est pas assez forte pour être repérée de l'extérieur. De plus l'orifice aboutit en pleine nature. Couvrez-vous, ajouta-t-il en tendant à Amy une épaisse couverture, il fait frais ici. Prenez soin de lui. Je reviens le plus vite possible.

Et il disparut, laissant Amy seule avec le blessé.

En proie à une violente fièvre, celui-ci n'était pas conscient et luttait dans son délire. Son bandage à la jambe était imbibé de sang mais Amy n'aurait pas su comment le changer. Et, pour être honnête, elle avait peur d'empirer les choses. Elle avait entendu son frère raconter des histoires d'officiers dont les blessures s'étaient infectées à cause de linges sales. Elle préféra donc tenter de faire baisser la fièvre en épongeant le front du blessé avec l'eau qu'elle trouva dans un baquet. Il y avait aussi une bouteille de brandy. Amy tenta d'en faire boire à l'homme pour apaiser sa douleur. Il gémissait toujours, la laissant démunie. Il lui semblait que Mr Clenneth était parti depuis des heures, qu'elle vivait un cauchemar et que, bientôt, elle se réveillerait. Cette cavité était un autre monde, une bulle où l'extérieur s'oubliait… où le temps s'arrêtait, suspendu à chaque battement de cils, à chaque anhélation du gisant.

Il devait être deux heures du matin lorsqu'elle distingua un bruit derrière la porte. Quelques instants plus tard, Henry Clenneth fit irruption dans la pièce, suivi par un vieil homme courbé et vêtu de noir. Le docteur ausculta rapidement le blessé, puis pria Amy de se retourner et inspecta la blessure.

— Ce n'est pas beau, grommela-t-il. Je vais devoir l'amputer.

Mr Clenneth blêmit. D'instinct, il prit la main d'Amy. La jeune femme était parcourue tremblements. Amputer ! Pauvre garçon ! On avait amputé le vieux Moray, un paysan du village, quand sa charrue lui était tombée dessus… Le vieil homme disait encore sentir son membre absent des mois plus tard. Sa drôle de dégaine avait hanté pendant des nuits les cauchemars des sœurs Rosebury… Pauvre jeune homme !

Mr Clenneth la pressa en dehors de la chambre et lui fit emprunter la seconde partie du souterrain. Le couloir débouchait au beau milieu d'un des champs de la propriété. Honey y broutait tranquillement en les attendant.

Jusque-là, Mr Clenneth était resté silencieux...

— Je suis désolé de vous faire endurer cela, miss Rosebury. Vous n'auriez jamais dû y être mêlée. Ma sœur, elle-même, n'en sait rien. Et cela vaut mieux.

— C'est moi qui ai tenu à vous suivre, ne vous reprochez rien.

Elle parvint à esquisser un sourire afin de le rassurer.

— Honey peut vous ramener chez vous...

— Si je peux être d'un quelconque réconfort à ce pauvre homme, j'aimerais rester encore.

En dépit de ses protestations, Mr Clenneth finit par capituler :

— Si vous y tenez.

— J'y tiens.

Malgré les émotions et la fatigue, elle avait voulu sa voix ferme. Celle-ci brisa la nuit comme une promesse. Mr Clenneth s'inclina et disparut de nouveau dans le souterrain. Il souhaitait assister le docteur dans son opération.

Amy scrutait la campagne endormie. L'issue du souterrain l'avait éloignée du cœur des terres des Clenneth. Derrière les ombres du bois, on pouvait apercevoir la silhouette de l'imposante bâtisse de Dorrel Park. Mais de là où elle se tenait, elle ne pouvait voir Cheltenham car le village était de l'autre côté de la propriété. Honey vint la rejoindre et elle plongea la main dans sa crinière. Elle tentait de relire avec lucidité les événements qui s'étaient abattus sur elle depuis le début de la nuit. Trop de questions restaient sans réponses. Si elle avait pu imaginer quelques heures auparavant dans quelle situation elle se trouverait ! Elle s'étonnait elle-même d'être restée. Malgré le danger encouru, sa curiosité avait été piquée au vif. Et la présence du maître de Dorrel Park n'y était pas étrangère. Que voulait cacher Mr Clenneth ? Était-il possible qu'un homme si plaisant dissimule de sombres secrets ? Et qui était le jeune blessé ? Rien dans son aspect ne permettait de l'identifier. Il portait des haillons et son teint bruni par le soleil ne pouvait laisser penser qu'il fût un gentilhomme. Qui l'avait ainsi roué de coups à mort ? Qui l'avait blessé à la jambe ? Pourquoi ? Heureusement, elle pouvait écarter l'hypothèse terrifiante que Mr Clenneth fût l'auteur de cet immonde traitement. Il suffisait de voir les soins que celui-ci prodiguait au blessé. Non, si Mr Clenneth cachait de noirs secrets, ceux-ci ne pouvaient être aussi affreux ! À moins que… Était-ce lui qui avait entraîné le jeune homme dans une embûche ? Les héros n'étaient parfois pas ceux qu'on croyait. Peut-être était-il affable en public, mais qu'en était-il en privé ? Bien des gens savaient se dissimuler derrière des masques. Que savait-on vraiment de la vie de nos voisins ? Non, non ! C'était tout bonnement impossible ! Cet homme ne pouvait être mauvais ! Et que venait faire Mr Elias dans cette histoire ? Amy ne pouvait croire qu'il fût mouillé dans de sordides traquenards.

Quand le docteur et Henry Clenneth sortirent enfin à l'air libre, Amy s'approcha d'eux.

— Changez le cataplasme régulièrement, mais je doute qu'il échappe à la gangrène. J'espère néanmoins que sa fièvre va tomber. Ses poumons semblent également congestionnés. Il va avoir besoin de beaucoup de soins et d'attention dans les prochaines heures.

Puis il s'éloigna.

Mr Clenneth scrutait la lune. Ni lui, ni Amy n'osaient prendre la parole. Harassé par le tourment et la fatigue, Mr Clenneth enfouit son front dans sa main.

— Merci d'avoir patienté, dit-il enfin doucement.

— Comment va-t-il ? répondit Amy attendrie.

Non décidément, il n'avait rien d'un comploteur !

— Je vous en prie. Venez le voir.

Ils passèrent les deux heures suivantes à procurer leurs meilleurs soins au jeune blessé. Par égard pour Amy, seul Henry s'approchait de la jambe amputée et changeait le cataplasme. La jeune femme admirait la dévotion qu'il mettait dans chacun de ses gestes et de ses attentions. Ses traits étaient tirés par la fatigue et l'anxiété. Ses belles boucles décoiffées encadraient son front blême. Il ne portait qu'une simple chemise et un gilet de voyage ; une tenue bien plus modeste que son habituelle toilette de gentleman.

Il y avait, dans sa manière de se comporter, quelque chose d'attachant. Amy devinait qu'un lien très fort l'unissait à l'homme étendu sur la couche.

Et si Edward Cole n'était pas mort ? Et si c'était ce jeune homme ?

Henry Clenneth, lui, jetait des regards reconnaissants vers Amy lorsque cette dernière tentait de forcer le malade à boire et lui rafraîchissait les tempes. Malgré les remords qu'il ressentait de l'avoir impliquée dans les méandres de cette histoire, sa présence adoucissait ces heures d'inquiétude.

Vers cinq heures du matin, la fièvre sembla chuter un peu. Henry Clenneth, qui surveillait régulièrement sa montre gousset, insista lourdement pour qu'Amy rentre chez elle car, bientôt, la maisonnée commencerait à s'éveiller.

Il l'escorta dehors jusqu'à Honey, à qui il confia la mission de la ramener saine et sauve à Crawfield.

À la lumière de l'aube, le champ semblait si différent ! Avant de la hisser sur la monture, Henry s'inclina devant Amy en lui baisant la main. Il cherchait ses mots :

— Miss Rosebury, commença-t-il.

Mais, tandis que le cœur d'Amy s'emballait de nouveau, sa phrase mourut dans un murmure…

Trop tourmentée par les événements, Amy ne se souciait même pas d'être aperçue lors de son retour même si elle savait que cela aurait nui à sa réputation. Elle parvint sans encombre à la haie du domaine de Crawfield. Là, elle sauta de sa monture. Puis elle se faufila dans les allées en prenant soin de se dissimuler derrière les arbustes, et s'introduisit dans la maison par la porte arrière. Des bruits provenant de l'intérieur de la cuisine la paralysèrent quelques instants. Personne n'apparaissant dans l'encadrement de la porte, elle courut jusqu'à sa chambre et se jeta dans son lit.

Elle n'eut guère le temps de se reposer car Abigail surgit moins d'une heure plus tard.

— Debout mon chou ! Quelle paresseuse ! Oh mais Amy, vous avez une mine affreuse ! George vous manque, n'est-ce pas ? Allons, allons du nerf ! J'ai eu une merveilleuse idée qui va vous divertir et vous mettre en joie ! Un pique-nique ! Cet après-midi même ! Allez, levez-vous ma chérie ! Comme j'aimerais que George soit de retour à temps pour se joindre à nous !

Quelques secondes plus tard, il ne restait plus de trace de son passage dans la pièce que les effluves de son parfum.

La journée parut extrêmement longue à Amy. Elle tentait tant bien que mal de vaquer à ses occupations mais elle ne parvenait pas à détacher ses pensées de Dorrel. Elle priait pour que Henry Clenneth lui donne des nouvelles, et pour que le jeune étranger s'en sorte. Parfois, elle avait le sentiment d'avoir rêvé les événements de la nuit tant ils semblaient en décalage avec le rythme paisible et ensoleillé de la maisonnée. Sa fatigue, elle, était cependant bien réelle. Elle dut s'excuser pendant le pique-nique car elle se trouva indisposée par le soleil et le manque de sommeil. Un peu plus tard, elle s'endormit tout bonnement dans la bibliothèque… sur le *Platon* de Mr Elias.

À l'heure du thé, le maître des lieux fut annoncé au salon.

— Chers amis, pardonnez-moi de vous avoir abandonnés si soudainement hier ! Malgré tout, me voici de retour, avec de surcroît une bonne nouvelle ! Mr Clenneth est rentré ce matin à Dorrel Park ! Je viens de m'y arrêter.

Il serra la main de William, s'inclina devant Abigail en lui prenant la main et fit de même devant Amy. Surprise, elle sentit qu'il lui glissait entre les doigts un morceau de papier. Le visage de son hôte, néanmoins, ne trahissait rien d'anormal et il entama le plus naturellement du monde la conversation autour du thé.

Amy bouillait d'impatience de pouvoir lire la missive. Elle profita du premier moment opportun pour se précipiter dans sa chambre.

Sur le papier déplié, elle pouvait lire ces quelques lignes :

Chère miss Rosebury,

Parviendrez-vous un jour à me pardonner de vous avoir mêlée à ces terribles événements ? Mes excuses ne suffiront pas. Pourtant, je vous prie de tout mon cœur de m'absoudre de cette douloureuse peine. Vous ne pouvez savoir à quel point je me sens coupable.

J'ai bien conscience de vous devoir des explications. Soyez assurée que je m'en acquitterai dès que les circonstances s'y prêteront.

Sachez également que ma dette envers vous est éternelle. Je ne parviens à trouver les mots pour vous exprimer toute ma gratitude.

Il est également de mon devoir de vous rassurer sur le sort de notre pauvre Edward. Il n'est guère vaillant mais sa fièvre est tombée et il est conscient. Plaise à Dieu qu'il guérisse.

Merci infiniment pour tous les soins que vous lui avez si diligemment prodigués. Puis-je encore une fois vous demander de garder tout ceci secret ?

Je suis et demeure votre obligé,
Henry Clenneth

Edward ! Il ne pouvait y avoir de coïncidence ! Le blessé était bien Edward Cole, le fameux révolutionnaire, l'ami d'enfance de Mr Clenneth ! Il n'était pas mort !

Amy lut et relut les quelques mots de gratitude jusqu'à les savoir par cœur. À chaque fois, son cœur bondissait dans sa poitrine. Elle rangea le papier dans sa boîte avec toutes les précautions dues à un trésor inestimable. Puis elle prit la résolution de garder son calme. Quelques mots de reconnaissance n'effaçaient pas un serment éternel fait à une fiancée perdue.

Elle brûlait d'impatience d'en apprendre davantage sur l'histoire d'Edward Cole mais redoutait quelque horrible mésaventure. Sa nuit fut peuplée de cauchemars dans lesquels elle parcourait de sombres corridors suintants, poursuivie par un homme à l'œil bandé. Elle tombait parfois sur un cul-de-sac et entendait alors se rapprocher les pas de son assaillant. Elle se retrouvait en haut de ruines, prête à tomber dans le vide. Soudain, Edward Cole était derrière elle et lui tendait une main amicale. Elle était sur le point de la prendre quand elle entendait crier en bas. C'était Henry Clenneth portant Edward sur son dos. Il lui faisait de grands signes : « Non ! » Elle faisait volte-face pour regarder l'autre

Edward, mais le visage de celui-ci s'était transformé. C'était un homme patibulaire avec un bandage sur l'œil gauche. Elle hurlait. Le vide l'entourait. Elle regardait en bas pour découvrir Henry, agenouillé devant une guillotine dont la lame commençait à glisser. Comme pour la retenir, elle faisait un pas dans le vide et se sentait tomber.

Elle se réveilla en sursaut. La lumière du jour naissant éclairait sa chambre. Elle était effectivement tombée… de son lit.

Un instant plus tard, William fit irruption dans sa chambre :

— Amy ! Vous allez bien ? J'ai entendu un grand fracas, j'ai eu peur qu'il ne soit arrivé quelque chose !

Amy recouvrait ses esprits et chassait les vilaines images de son rêve. Dans sa chute, elle avait entraîné le pichet et le verre d'eau qui étaient posés sur sa table de nuit. Ils gisaient à présent par terre, en mille morceaux.

— Ce n'est rien, William. Un mauvais rêve.

Mais son beau-frère n'en démordait pas.

— Amy, vous n'êtes pas dans votre état normal. Hier déjà, vous n'avez pratiquement pas dit un mot et vous étiez si pâle. Je sais bien que vous n'avez pas l'habitude d'exprimer vos tracas, mais je m'inquiète. Est-ce la chaleur qui vous incommode ? Catherine vous a-t-elle envoyé un mot déplaisant comme elle en a le secret ? Vos parents vous manquent-ils ? Ou bien peut-être vous faites-vous du souci pour votre frère ? Si c'est cela, ne vous inquiétez pas. Il est bien installé en Écosse et je suis sûr que, son aigreur passée, il reviendra vers votre famille.

— Je vous suis très obligée, William. Vraiment, ne vous inquiétez pas. Ce n'est rien de tout cela. Ce n'est rien, vraiment.

William ne semblait pas convaincu. Toutefois, par délicatesse, il préféra ne pas s'acharner. Il se jura pourtant de surveiller de près sa belle-sœur. Mis à part sa femme adorée, Amy était sa préférée parmi tous les membres de la famille Rosebury. Lui qui avait toujours rêvé d'avoir une petite sœur avait rapidement ressenti une vive affection pour Amy. Il avait tout de suite été amusé par le sérieux de la jeune fille. Il voyait qu'elle souffrait parfois d'être considérée comme le singe savant de la famille et que, malgré son caractère déterminé, il lui arrivait de manquer de confiance en elle. Et il savait par Abigail que leur sœur Catherine n'avait jamais perdu une occasion de le lui rappeler. Il se réjouissait de voir comme elle s'épanouissait auprès de ses amis Elias et Clenneth, et combien elle osait affirmer ses idées.

William avait dans un premier temps pensé qu'elle serait parfaite pour Henry Clenneth, puis se remémorant le serment de celui-ci ainsi que son caractère très secret, il avait abandonné l'idée. Il n'imaginait cependant pas sa jeune belle-sœur avec un ignorant. Son mari se devrait d'être fin et intelligent, drôle et affable. Le calme et réservé George Elias était alors apparu comme le candidat idéal. C'était un arrangement d'autant plus pratique que, vu la nature des relations qu'entretenaient Mr Elias et Mr Bridgestone, les deux couples seraient amenés à se voir fréquemment. Ainsi Abigail n'aurait pas à craindre d'être séparée de sa chère sœur... et lui, William, pourrait profiter également de son agréable compagnie. En somme, cela ferait le bonheur de tous. Cependant William se gardait bien d'en dire mot à Amy depuis que leur précédente tentative s'était soldée par une dispute entre les deux sœurs Rosebury. Il préférait regarder les choses de loin. Il pressentait que, pour le moment, tout allait bien et qu'un déroulement heureux n'était pas à exclure. Pour autant, la frilosité d'Amy lors du retour de Mr Elias la veille l'avait quelque peu refroidi. Une jeune fille de son âge devait pourtant bien avoir quelqu'un en tête !

Plus tard dans la journée, alors que tous étaient installés au frais dans le salon d'été, la domestique annonça un visiteur : Mr Henry Clenneth.

Pourquoi fallait-il qu'Amy sente ses joues rosir à chaque fois qu'on prononçait ce nom ? Heureusement, les exclamations enjouées de sa sœur lui permirent de reprendre ses esprits. Elle resta de marbre lorsqu'il la salua mais dut dissimuler ses mains soudainement en proie à de terribles tremblements dans les plis de sa robe. Malgré sa résolution, elle ne pouvait se retenir de glisser de temps en temps des regards à la dérobée vers le maître de Dorrel. À sa grande satisfaction, elle put constater que le gentleman les lui retournait. Ils se souriaient discrètement, sous le regard amusé de Mr Elias qui ne perdait pas une miette de ce manège. Amy admirait l'air grave et calme du visiteur. Rien sur son visage n'indiquait qu'il avait passé la nuit dans la grotte. Il parlait toujours avec ce mélange ambivalent d'aisance et de réserve. Il prit congé le plus naturellement du monde en conviant tout le monde à souper le lendemain soir à Dorrel.

Amy le vit partir à regret. Elle n'avait pu le remercier pour sa missive et aurait souhaité qu'il lui donne des nouvelles du pauvre révolutionnaire. Ne pouvant souffrir d'attendre le lendemain pour être fixée, elle décida d'intercepter Mr Elias au cours de sa promenade quotidienne.

— Comment va-t-il ? fit-elle simplement.

— Henry ? Ma foi vous l'avez vu aussi bien que moi, il se porte comme un charme ! Ah ! la fraîcheur de la jeunesse ! se moqua ce dernier.

Amy prit un air réprobateur, tout en posant ses mains sur ses hanches.

— Edward ? reprit-il gravement sans détourner son regard de la façade de brique.

Amy acquiesça.

— Il est encore trop tôt pour le dire. Le risque de gangrène semble écarté. Mais ses poumons sont fortement attaqués. Comment imaginer qu'il survive ?

— Pauvre garçon.

— Pourtant, il vous doit une fière chandelle. Henry a réussi à lui faire boire un peu de bouillon. Il a grand besoin de reprendre des forces.

— Mr Clenneth devrait également se ménager.

— Vous commencez à connaître Henry, miss Amy. Son amitié est infaillible. Mais je vous l'accorde, il risque de s'épuiser et nous n'aurons rien gagné.

— Êtes-vous également proche d'Edward ?

— Je ne lui suis pas autant lié que Henry. Cole était un solide petit gaillard étant enfant. Il était très drôle et espiègle. Bien trop insatiable pour se résoudre à devenir simple fermier ou palefrenier.

Il savait lire très jeune. Tout ce que Henry apprenait, il le répétait à Edward.

— Ils semblent vraiment très liés.

— Oui. Malgré leur différence de rang, ce sont des âmes sœurs. Edward a un cœur d'or. Ce fut extrêmement douloureux pour Henry de le voir partir en 1789. Mais Edward rêvait d'un monde meilleur, d'un nouveau système politique. Il pensait que les Français l'inventeraient. Il croyait en ce qu'il appelait « la liberté à la française ». Après, je ne sais guère ce qui s'est passé pendant son absence ni pourquoi il a débarqué dans un tel état à Brighton. Je n'en sais pas plus sur la manière dont Henry l'a retrouvé. Je doute que le petit ait pris part au régicide ou à la Terreur. Il est trop attaché à la valeur de la vie humaine pour cela. Mais il est possible que son idéalisme lui ait attiré des ennuis.

Tous deux se turent, plongés dans leurs suppositions sur la vie de Cole en France.

Derrière la fenêtre du salon, Mr et Mrs Bridgestone discutaient avec animation. Chaque entrevue entre Amy et George les réjouissait et confirmait leur dessein.

CHAPITRE 4

SI VOUS SENTEZ VOS CHAÎNES, VOUS ÊTES DÉJÀ À MOITIÉ LIBRE

— PROVERBE ANGLAIS

Lors du dîner prévu à Dorrel Park, Miss Clenneth accueillit les Bridgestone, Mr Elias et Amy avec son habituelle gentillesse.

Ayant à peine investi le confortable salon blanc et or qui faisait l'admiration de tous les visiteurs, Abigail se tourna vers Margaret.

— Miss Clenneth ! Savez-vous que vous jouiez l'un de mes airs préférés lorsque nous étions dans le vestibule ? Quel dommage que nous vous ayons arrachée à un si bel instrument, ajouta-t-elle en désignant le piano-forte.

— Il en existe une adaptation à quatre mains. Me feriez-vous l'honneur de jouer avec moi ?

Comme Abigail s'empressait d'accepter, Miss Clenneth, qui craignait sans doute qu'Amy se sente négligée, suggéra :

— Henry, je crois deviner que Miss Rosebury s'impatiente à l'idée de découvrir notre bibliothèque. Je ne pouvais me permettre de l'y mener sans notre précieux guide. Mais à présent que vous êtes revenu, peut-être pourriez-vous lui montrer nos trésors littéraires ? Vous savez que Miss Rosebury est une lectrice insatiable !

— Miss Rosebury, je me ferai une joie de vous servir de guide.

George quant à lui s'excusa auprès de son hôte :

— Margaret, m'autoriseriez-vous à aller me dégourdir les jambes dans votre parc ?

— Comme si vous aviez besoin de ma permission, George.

— Merci, je tâcherai de vous rapporter un joli bouquet !

Amusé, Henry Clenneth avait pris le bras d'Amy et l'escorta, impassible, à travers les vastes couloirs, avant de s'effacer devant la porte de la bibliothèque pour la laisser entrer. Amy resta bouche bée devant l'immensité du lieu. Jamais encore elle n'avait vu une pièce pareille. Des mètres de rayonnages recouvraient les murs du plancher jusqu'au plafond. On avait même ajouté de majestueuses étagères de chêne au milieu de la pièce pour contenir encore davantage d'ouvrages. De gros fauteuils capitonnés de velours vert encadraient les baies vitrées. Les odeurs de cuir et de papier qui emplissaient la pièce teintaient l'atmosphère d'une ambiance indéfinissable, à la fois calme, apaisante et… mystérieuse.

— Soyez la bienvenue dans mon antre, dit-il en riant. Nous avons quelques ouvrages susceptibles de vous intéresser…

— C'est superbe. Ce lieu dégage une atmosphère particulière… un peu magique, si j'ose dire, murmura-t-elle.

Il la fixa, arborant un sourire indéchiffrable. Se reprenant, elle ajouta en extirpant un livre de la grande bourse de velours qui l'avait accompagnée :

— Mr Clenneth, voici le *Contrat social.* Je vous remercie infiniment de me l'avoir prêté, et je suis désolée de l'avoir retenu si longtemps. Mais voyez : j'en ai pris grand soin.

— En vérité, cela me peinerait que vous me le rendiez. Je vous l'offre, miss Rosebury, si vous me le permettez.

— Je ne puis accepter.

Devant le trouble d'Amy, il lui glissa, l'air empreint de gratitude :

— Vous et moi savons bien combien je vous suis redevable, miss Rosebury. Et un simple livre n'y changera pas grand-chose.

— Mr Clenneth, dit Amy en secouant la tête. Je vous remercie pour votre lettre. Mais croyez-moi, j'ai agi de mon plein gré. Vous avez essayé de m'en dissuader. Je ne regrette pas ce que j'ai fait.

L'air grave, Henry Clenneth lui proposa un fauteuil près de la fenêtre. Il approcha le sien et demeura pensif quelques instants, laissant filer son regard le long des enfilades de livres. Puis se tournant vers elle, il murmura :

— Nous sommes tous deux adeptes des bibliothèques. Cette situation ne vous en rappelle-t-elle pas une autre ?

Toute rouge, Amy se remémora le moment où il lui avait apporté le *Contrat social* dans la bibliothèque de sa sœur à Bath. Il lui avait alors confié son admiration pour les femmes érudites, et l'avait encouragée à poursuivre ses études. Elle lui adressa un grand sourire en guise de réponse. Un long silence gêné suivi, puis, elle lança :

— Votre sœur est une jeune femme adorable.

Il fallait briser ce silence qui lui pesait. Dire quelque chose de sincère mais banal.

— Je suis heureux que vous vous entendiez bien. Malheureusement, Margaret est souvent très seule. J'aime savoir qu'elle a des amies de qualité. Sa gouvernante est une femme fort compétente mais, pour être honnête, je ne l'approuve pas toujours. Elle est à notre service depuis si longtemps que je ne souhaite pas la congédier. Mais nous avons toujours eu des vues opposées sur l'éducation de Margaret : moi, les livres ; elle, les manières. En vérité, elle est très soucieuse que Margaret trouve un bon parti, et je crains qu'elle ne tente de la pousser à se marier à tout prix. Or je ne pourrais souffrir que ma sœur fasse un mariage de raison, d'autant qu'elle n'en a pas le besoin financier. Je préférais qu'elle épouse un gentleman sans le sou, pourvu qu'elle l'aime. Cela vous fait rire ? demanda-t-il perplexe, en constatant l'air amusé d'Amy.

— Oui, il est tellement rare d'entendre un homme s'occuper de ces questions. N'ayez crainte, loin de moi l'idée de me moquer de vous. Au contraire, je serais plutôt de votre avis.

— Je n'en attendais pas moins de vous, murmura-t-il.

Luttant contre le trouble qui la gagnait, Amy s'enhardit. L'occasion était belle de tester Mr Clenneth sur ses principes et son sens du devoir si ancré. Après tout, Margaret n'avait-elle pas dit de son frère que, pour lui, l'honneur était un devoir ? Et Mr Clenneth n'était-il pas connu dans tout Londres comme l'homme de parole ayant juré de ne jamais se marier ?

— Voyez-vous, dit-elle, je crois que le devoir, même s'il est essentiel, ne peut pas à lui seul aider une famille à tenir bon contre toutes les épreuves.

— Je vous l'accorde. Et c'est faire preuve de raison que de l'admettre. Mais je devine que vous sous-entendez que la clé d'un mariage réussi est l'amour… Pourtant lui non plus n'y suffit pas.

Amy fronça les sourcils avant de reprendre sur un ton badin :

— Seriez-vous d'avis qu'il faille aussi mettre une pincée de raison dans un foyer ?

— Je n'aurais pas mieux formulé ma pensée, miss Rosebury. Le foyer, comme l'amour durable, se construit lentement.

Le ton de Henry Clenneth devenait plus doux, presque tendre. Il pénétrait l'esprit d'Amy. Voilà des propos étranges de la part de quelqu'un qu'on disait resté fidèle à son premier amour ! Car alors, pourquoi n'admettait-il pas que son cœur puisse à nouveau s'ouvrir ? Mais le plus étonnant n'était-il pas qu'un homme ose en parler tout simplement ?

Ils étaient doués pour les compliments, mais force était de constater que, lorsqu'il s'agissait d'évoquer le fond des relations humaines, ils fuyaient souvent.

Mr Clenneth eut d'ailleurs un petit rire embarrassé :

— Pardonnez-moi, je crains d'avoir divagué. En vérité, ces questions maritales me sont étrangères.

Il allait ajouter quelque chose lorsqu'un curieux bruit fit sursauter Amy. Le panneau du fond de la salle pivota. À l'effarement d'Amy, il laissa apparaître Mr Elias.

— Ah vous êtes là ! Parfait ! Je suis navré d'interrompre votre conversation, aussi sérieuse semble-t-elle, mais je suis passé voir ce cher Edward et j'ai eu le malheur de lui dire que Miss Rosebury était à Dorrel. À présent il réclame « son ange de douceur », selon ses propres termes.

Nullement gêné, Mr Clenneth éclata de rire :

— Ce cher Edward !

Puis, de nouveau sérieux, se tournant vers Amy pour lui offrir son bras :

— Je n'oublie pas ma promesse.

Il lui ouvrit la voie vers le passage pour qu'elle puisse à son tour s'enfoncer, une nouvelle fois, dans le souterrain. L'escalier en hélice qu'ils empruntèrent semblait plonger dans les entrailles de la terre tant il y faisait sombre. Cette fois-ci, Henry Clenneth s'était muni d'une torche qui permit à Amy de découvrir que plusieurs canaux débouchaient sur le souterrain. Selon Mr Clenneth, certains n'étaient que des culs-de-sac dessinés par ceux qui l'avaient creusé pour tromper les indésirables qui seraient venus s'aventurer dans le passage sans y avoir été invités. Amy frémit alors... Ce souterrain était en tout point identique à celui de son cauchemar.

Ils débouchèrent enfin sur la chambre. Edward Cole était assis sur sa couche.

Qu'il était différent avec son visage rasé et propre ! Ses grands yeux noirs ouverts ! Et ses cheveux couleur d'ébène, brillants et coupés !

— Voici donc l'ange de bonté qui m'a prodigué tant de soins, s'exclama-t-il entre deux quintes de toux. Si vous saviez comme Henry a pu rire lorsque je lui ai décrit cette apparition.

— Vous doutez de mon caractère céleste, Mr Clenneth ?

— Je vous préfère parmi nous.

Elle sentit son cœur fondre et ses joues rosir.

— Miss Rosebury, Henry manque à toutes les règles de la bienséance en ne nous ayant pas présentés.

— Mais je sais déjà tout de vous, Mr Cole, répondit-elle, laissant Henry Clenneth perplexe. Vous êtes l'ami d'enfance de Mr Clenneth. Et vous êtes un amoureux de la liberté.

— Vous aussi, à ce que j'ai pu comprendre. Vous savez tout sur l'émancipation américaine, sur la Révolution française et vous lisez Hobbes, Rousseau, Hérodote et Platon... aidée par ces infâmes défenseurs de l'éducation féminine que sont Elias et Henry !

Le rire d'Amy tinta le long des parois de la chambre. Malgré son état grave, Edward Cole trouvait tout de même le mot pour plaisanter. Sa détermination émut Amy. Rien ne semblait altérer son caractère passionné. Mais pendant qu'ils devisaient, il se tordait parfois de douleur... alors il se taisait.

Son visage buriné blêmissait et ses traits se durcissaient. Inutile et démunie devant sa souffrance, Amy ne savait alors que tenter pour le faire sourire. Au bout de quelques minutes, épuisé par les rires et les quintes de toux, il finit d'ailleurs par fermer les yeux et s'assoupit quelques instants.

Henry Clenneth tendit une tasse de thé à Amy. Elle regardait pensivement le garçon étendu à côté d'elle : à présent, il était tellement calme qu'il ressemblait aux gisants qui ornaient les tombes des seigneurs. À cette pensée, le froid étreignit la poitrine d'Amy et un étrange malaise s'empara d'elle. Henry Clenneth semblait lui aussi troublé par la posture d'Edward. Il avait froncé ses beaux sourcils et guettait la respiration de son ami.

Soucieuse de le dérider, Amy s'entendit demander à voix basse :

— Quelque chose m'échappe, outre les circonstances à la suite desquelles il s'est retrouvé si mal en point. J'ai entendu de bien vilaines paroles à son égard au village. Je ne comprends pas pourquoi son départ a tant traumatisé les habitants.

— Ce n'est pas tant son départ que ses idées. Edward sort du lot. Et en particulier, il est théiste. Il pense comme Voltaire que Dieu est un Dieu horloger, qui aurait lancé la mécanique du monde, et s'en serait tenu là. Ses propos ont donc souvent été qualifiés d'hérétiques à Cheltenham.

— Voilà un point sur lequel je ne puis le rejoindre. Je crois quant à moi que Dieu est présent dans notre quotidien.

Face au regard interrogateur de Henry Clenneth, elle poursuivit :

— N'avez-vous jamais relu votre vie après une série d'épreuves et ne vous êtes-vous jamais demandé comment vous aviez pu les surmonter seul ? Pour moi, la réponse est simple : vous n'étiez pas seul.

Elle ne pouvait imaginer que ces quelques mots auraient un tel effet sur son interlocuteur dont le regard s'enflamma d'un coup. Intimidée par le climat qui s'instaurait entre eux, elle choisit de faire diversion et s'enquit de la manière dont Edward avait été si grièvement blessé.

— Il me faut remonter plus loin, commença Henry Clenneth. Une fois en France, Edward s'est très vite senti en décalage avec la tournure que prenaient les événements. Il chérissait la Déclaration des droits, les libertés, la Charte constitutionnelle, et plus tard, la République. En somme, il adhérait aux idées mais n'avait pas perçu la violence qui pouvait accompagner leur exécution, ni les dérives qu'un changement intégral de système pouvait engendrer. Par la suite, il condamna fermement le régicide. Quand vint le temps de la Terreur, il était résolu à…

— … rentrer à la maison, murmura Edward depuis sa couche.

— Notre conversation vous a réveillé !

Amy se précipita à son chevet avec un verre d'eau alors qu'une nouvelle quinte de toux secouait le blessé.

— Henry, j'aimerais continuer le récit…

— Est-ce raisonnable, mon ami ? Parler t'épuise !

— Il le faut, il faut que vous sachiez tout… si je ne survis pas, il vaut mieux que je me sois confié.

— Nous t'écoutons, Edward.

Amy s'assit sur le bord de la couche, tout ouïe.

— Je ne sais pas si le récit des scènes de terreur est parvenu jusqu'ici… mais l'oppression était terrible. Le tribunal jugeait et tranchait les têtes. La violence était organisée au sein même de l'État. Il fallait servir le culte de la Raison et de l'Être suprême. Des curés étaient massacrés…

Henry Clenneth fit signe à Edward d'abréger sa description macabre car Amy frissonnait d'effroi. Lui-même se pencha vers la jeune femme pour s'enquérir d'un regard si elle souhaitait entendre la suite. Comme elle répondit par un signe d'assentiment, Edward reprit son récit :

— J'étais donc déterminé à rentrer quand, un soir dans une ruelle de Paris, j'ai surpris un homme vêtu d'une longue cape noire. Il était sur le point d'égorger un prêtre. Je ne pouvais pas le laisser faire. Dans la rage de la bataille, je perdis le contrôle et le tuai. Ô combien de nuits ai-je maudit mon geste maladroit ? Le prêtre s'était enfui en suivant mes ordres. Moi-même, je pris peur devant le corps gisant au milieu de son sang. Combien de fois ai-je regretté cet acte ! Je n'ai jamais voulu tuer…

Edward, absorbé par ses souvenirs, ne prêtait plus attention aux regards désapprobateurs de Henry Clenneth qui épiait chacune des réactions d'Amy avec inquiétude. Elle, de son côté, continuait à écouter placidement.

— Je me mis donc à courir. Au bout de quelque temps, je compris que j'étais suivi. Par la suite, j'échappai à deux ou trois incidents graves. Il ne me fallut pas longtemps pour comprendre que ce n'était pas une coïncidence. Réalisant que je ne pourrais m'échapper si mon ennemi de l'ombre prenait le même bateau que moi, je résolus de repousser mon retour en Angleterre. Nous parcourûmes donc la France, moi tentant de le semer, lui ne me lâchant pas. Mais il était malin, et je ne savais même pas à quoi il ressemblait. Je crus devenir fou. Je ne parvenais pas à comprendre le motif de cette traque insensée qui perdurait depuis des mois. Un jour, dans le Sud, je fus moins vigilant et m'assoupis lourdement. Je fus fait prisonnier. Mes ravisseurs me questionnèrent des heures durant. Ils criaient et ne cessaient de répéter : « Où est le trésor ? Où est la fille ? Tu l'as tué donc tu dois savoir ! Ne nie pas ! » Ils auraient pu me tuer. Ils m'avaient à leur merci. Mais ils avaient besoin de moi.

Edward prit une gorgée d'eau avant de reprendre :

— Je sais maintenant que l'homme que j'avais tué était en fait le gardien probable d'un secret bien gardé. Quant à la fille, je n'ai aucune idée de son identité. J'ai échafaudé toutes les théories les plus rocambolesques sans jamais en trouver une qui me paraisse réaliste. Grâce à la négligence de l'un d'entre eux, je parvins à m'enfuir. Je passai encore un an sur les routes de France, essayant de modifier ma physionomie, maquillant mon accent. Il y a quatre mois j'ai envoyé, en toute sécurité depuis Paris, un courrier à Henry. Je lui disais d'envoyer quelqu'un à Brighton en juillet car je faisais mon possible pour prendre un bateau pour l'Angleterre. Il fallait s'en douter, Henry est venu en personne.

À ces mots, Henry pressa chaleureusement l'épaule de son ami, qui continua son récit.

— En France, j'approchais de mon but quand je fus reconnu par mes ravisseurs. Mais je n'étais pas plus en mesure qu'avant de répondre à leurs questions. Ils me battirent, me blessèrent violemment, me laissant inconscient sur une plage du Nord. Ils devaient me croire mort. Reprenant mes esprits, je parvins à rejoindre à la nage le mouillage du navire pour Brighton. Mais comme vous le voyez, la nuit en fond de cale, au milieu des rats, trempé jusqu'aux os, ne m'a pas réussi. Au petit matin le navire a accosté à Brighton et, je ne sais par quel miracle divin, Henry était sur le port. Il m'a dit qu'il avait prévenu George qu'il venait me chercher. La suite, je ne m'en souviens plus. J'ai perdu connaissance lors de notre chevauchée vers Cheltenham.

— Voilà Amy, murmura Henry Clenneth. Vous savez tout.

Les images terribles de la longue épopée du jeune homme tournoyaient dans les yeux atterrés de la jeune femme. Mais il était temps de prendre congé du malade. Mr Elias ne parviendrait sûrement pas à détourner plus longuement l'attention des convives de Margaret sans que l'absence d'Amy et de Henry Clenneth ne suscite des interrogations.

Au moment de partir, Edward tendit la main vers Amy en implorant :

— Reviendrez-vous bientôt, miss Rosebury ?

Son air d'enfant inquiet émut profondément Amy qui lui répondit en lui prenant la main :

— Très bientôt, vous avez ma parole.

Puis elle lui caressa la joue d'un geste maternel.

Ce geste avait laissé Henry Clenneth interloqué. Il demeura peu loquace sur le trajet du retour. L'admiration qu'Amy portait à Edward était manifeste. Et aux yeux de Henry qui commençait à cerner la capacité d'Amy à réfléchir par elle-même en dehors des us de leur société, il semblait évident qu'un homme si téméraire puisse séduire la jeune femme. Lui-même avait l'habitude de louer la force de conviction de son ami. Mais, pour la première fois de sa vie, ce sentiment se trouvait soudainement mêlé à une once de jalousie qu'il préféra taire.

Amy ne s'offusqua pas du mutisme de son compagnon. Après tout, qu'il était étrange de retrouver la société après avoir écouté un tel récit ! La chambre du souterrain avait plongé Amy dans un autre monde, dont elle avait peine à s'extirper en remontant à la surface.

— Alors, miss Rosebury, avez-vous découvert les trésors que mon frère cache ? demanda Miss Clenneth en riant.

Amy sursauta à l'évocation du mot « trésor ». Puis rassérénée par le visage calme qu'affichait Henry Clenneth, elle parvint à se composer une mine de circonstance. Elle excella dans la performance et s'étonna elle-même de si bien y parvenir. Elle fut l'amabilité même, et participa allégrement à la conversation ainsi qu'aux parties de whist que sa sœur organisa. Son beau-frère fut rassuré de la voir si gaie. À l'affût, il observait toujours les éventuels regards secrets qu'elle et Mr Elias pouvaient échanger. Il fut un peu déçu.

Tout à son stratagème, il ne remarqua pas que c'était le piano, et plus particulièrement la pianiste, que Mr Elias couvait des yeux, et que c'était Henry Clenneth qui lançait de temps en temps des œillades tourmentées à sa jeune belle-sœur.

Amy aurait aimé trouver la possibilité de passer plus de temps à Dorrel auprès d'Edward, de Margaret et… de Henry Clenneth. Heureusement pour elle, Miss Clenneth allait vite lui fournir cette occasion sur un plateau en la conviant à séjourner quelques jours avec eux.

La première nuit de son installation chez les Clenneth, Amy ne parvint pas à fermer l'œil. N'y tenant plus, elle ralluma sa chandelle et, s'installant à la coiffeuse qui jouxtait la cheminée, elle se saisit de sa plume :

Cher Henry,

Une fois encore, je préfère vous écrire ce que je ne peux vous dire. Mon esprit me joue des tours et m'empêche de dormir. Le récit d'Edward me revient par bribes. Et j'en tremble.

Je sais bien que la nuit est mauvaise conseillère, accentue les peurs et déforme tout. Mais l'angoisse me gagne et m'oppresse à mesure que je comprends que si ses assaillants le savent en vie, ils pourchasseront Edward jusqu'en Angleterre.

Imaginez alors qu'ils vous retrouvent. Et qu'ils s'attaquent à Edward ! Ces êtres semblent sans scrupule. Cher Henry, vous avez pris trop de place dans mon cœur. À présent, ce dernier craindra toujours pour vous. Et comme j'aime Edward comme vous l'aimez, je crains aussi pour lui, désormais. Je ne puis me raisonner. La pénombre est plus forte. D'ailleurs, ne dit-on pas que le sentiment de peur est irrationnel par nature ?

J'aimerais pouvoir vous confier tout ceci. Mais il faudrait, pour cela, vous avouer l'emprise que vous avez sur moi. C'est impensable.

J'ai hâte que l'aube se lève pour que je puisse venir à vous sans craindre le scandale. Je sais que votre seule présence apaisera toutes mes craintes.

Elle leva sa plume un instant, croyant entendre du bruit. Le son se répéta, lui rappelant des pas dans le hall. Horreur ! Ses craintes se concrétisaient ! Quelqu'un venait donc chercher Edward ! Il fallait qu'elle reste dans sa chambre sinon il la tuerait certainement ! Mais alors, que deviendrait Edward ? Non, qu'elle était sotte ! Après tout, ce pouvait tout simplement être le vent. Elle vérifierait juste et retournerait se coucher.

Lentement, elle se glissa hors du lit, le cœur battant, la respiration haletante. Elle entrouvrit la porte, s'introduisit dans le couloir et alla se poster derrière une des fenêtres pour scruter l'obscurité du parc.

Il y eut une lueur dans le couloir. Elle entendit distinctement des bruits de pas se rapprocher. Paralysée, elle se tapit dans l'ombre. Au diable le vent ! Il y avait bien quelqu'un !

— Miss Amy ! Que faites-vous ici ? fit Henry Clenneth tout ahuri de la découvrir ainsi prostrée. Décidément, vous êtes une adepte des promenades nocturnes.

— Il me semble que vous aussi, répondit la jeune femme avec aigreur.

— Amy ! Je ne voulais pas vous effrayer.

Henry semblait vraiment désolé. Il posa sa veste d'intérieur sur les épaules tremblantes de la jeune femme. Elle perçut la chaleur qui se dégageait du corps tout proche de Mr Clenneth et ses frissons se calmèrent lentement.

— Ne vous blâmez pas. Je ne peux m'empêcher de me remémorer le récit de ce pauvre Edward. Imaginez que ses poursuivants aient compris qu'il n'était pas mort ! Imaginez qu'ils le traquent jusqu'ici ! Quand j'ai entendu du bruit, j'ai cru…

— Détendez-vous, Amy. Vous et Edward êtes en sécurité ici.

Il sourit. La prenant par les épaules, il ajouta :

— Allez-vous recoucher. Je veille sur vous. Et, demain matin, vous irez voir Edward.

Prétextant une promenade matinale, Mr Elias conduisit Amy auprès du jeune malade. Celui-ci accueillit la jeune femme avec délice.

— Je m'ennuie comme un rat mort, tout seul ! Venez donc me divertir ! Henry vous a dépeinte comme une personne intelligente et fine ! Prouvez-le. Venez converser avec moi !

Les joues d'Amy rosirent de plaisir. Se pouvait-il que Henry Clenneth ait dressé d'elle un portrait si élogieux ?

— J'aimerais vous poser une question, hasarda la jeune femme. Croyez-vous, comme certains de nos hommes politiques, à la contagion française ? Pensez-vous que l'Angleterre pourrait subir la même révolution ?

— Je n'aime pas les préjugés, miss Amy. Cependant mon sentiment est que les Français sont bien moins flegmatiques que nous, Anglais. Ils mettent un point d'honneur à tout faire avec excès : la monarchie comme la révolution. L'État français était très abouti dans la centralisation et la tentation du pouvoir absolu. Notez aussi que leur société est moins mobile : par exemple, notre gentry ne trouve pas d'équivalent en France. Le peuple est divisé en trois : la noblesse, le clergé et le tiers état. Un bourgeois n'est pas un noble. De même, je pense que notre système est plus souple du fait de la Magna Carta, de l'Habeas Corpus, qui évite les détentions arbitraires. Encore, les pouvoirs de notre Parlement permettent de contrôler les dérives du souverain. Et puis nous avons déjà eu Oliver Cromwell dont le despotisme puritain a marqué les esprits. Nous ne sommes pas près de recommencer !

— La France vit donc pour vous sa Guerre Civile comme nous l'avons faite auparavant ? Qu'adviendra-t-il de ce pays ? Quel roi, même gouvernant avec le peuple, pourrait reprendre le pouvoir après le régicide ?

— Je n'en ai aucune idée. On ne peut prédire ni l'avenir, ni l'humeur des citoyens. Le pays est très divisé. Le régime actuel est instable. Certes, la Terreur s'est apaisée…

— Cette Terreur m'effraie. On dirait qu'on a organisé de manière rationnelle la violence au sein des populations.

— C'est à peu près cela, miss Rosebury.

Il s'interrompit, en proie à un accès de douleur. Il agrippa la main que lui tendait vaillamment la jeune femme. Elle ferma les yeux une seconde, révoltée.

Comment accepter le chemin de croix d'une si jeune personne !

Quand la souffrance se calma, il poursuivit :

— Si je puis me permettre un commentaire : il est rare de connaître une jeune femme dont l'intérêt pour les affaires politiques soit aussi affûté. Cela ne m'étonne guère que vous fassiez l'admiration de Henry et de George Elias.

Amy rougit à l'évocation de Mr Clenneth. Edward n'avait pas pour habitude de garder sa « langue dans sa poche ». Il en profita pour ajouter :

— Peut-être parviendrez-vous à inciter Henry à reprendre confiance dans la gent féminine !

— Vous faites allusion à ses fiançailles rompues ? J'ai ouï dire que, fou de chagrin à l'idée qu'on lui ait enlevé sa fiancée, il a juré de ne jamais se marier et de lui rester fidèle. Cela démontre une fois de plus sa loyauté sans faille.

— Ah ! Voici donc la version qui circule ! Je me demandais ce que Henry avait bien pu inventer pour se tirer de ce faux pas et de toute cette tragédie…

— Cette tragédie.

— Oui, miss Rosebury, on se serait cru dans une tragédie grecque. Avec tous les ingrédients : dilemmes, amours, trahisons et passions. Laissez-moi vous dire la vérité. Vous la méritez ! Je ne voudrais pas que vous méjugiez mon ami. Il était fiancé, certes. Et il aimait sa fiancée avec toute l'entièreté d'un cœur encore jeune et naïf. Sur ce point, votre version de l'histoire est correcte. Mais ce que vous ignorez, c'est que Miss Phillips l'a trompé et a rompu les fiançailles pour se marier avec cet autre homme. Le cœur de Henry en a mortellement souffert. Par égard pour Helen et par orgueil, il a sans doute pris quelques arrangements avec la réalité.

— Je vois, souffla Amy qui ne parvenait à décider si cette révélation était une bonne ou une mauvaise nouvelle.

Car après tout, compte tenu de ces éléments, il était bien possible que Henry Clenneth n'ait plus confiance dans l'institution du mariage, et ne souhaite plus s'y engager.

— Il se rendra un jour compte que vous l'estimez si hautement, croyez-moi, répondit gravement Edward.

Amy fut décontenancée qu'Edward ait lu en elle si facilement :

— Vous savez, je préférerais que Mr Clenneth ne le sache pas.

Elle ne se doutait évidemment pas que l'intéressé venait de traverser le souterrain et s'approchait maintenant de la porte, surprenant cette dernière phrase. Intrigué, il resta dissimulé derrière le battant.

— Pourquoi ? Je suis sûr que Henry comprendrait. Il a une bonne âme. Il est touché par un amour sincère. Vous savez, ce n'est pas parce qu'il ne parle jamais de sentiments qu'il n'a pas de cœur. Je pourrais peut-être lui en toucher un mot, dit Edward malicieusement.

— Surtout pas ! protesta la jeune femme. Que penserait-il de moi ? Je serais mortifiée de perdre son amitié. Et vous, ne vous souciez-vous pas de savoir ce qu'il penserait de vous ?

— Il n'en saurait rien, croyez-moi. Je vous répète qu'il comprendrait. Et Henry accepte à peu près tout de moi, vous l'aurez compris. Mais soit, nous ferons donc comme s'il n'y avait rien. Néanmoins, je persiste à croire que vous avez bien tort, ma chère.

À ses mots, Henry Clenneth appuya son front contre la paroi abrupte. Un poignard n'aurait pas eu plus d'effet pour déchirer son cœur. Cette conversation confirmait les soupçons qu'il nourrissait depuis la veille. Depuis qu'il s'était rendu compte qu'Amy montrait une dévotion ainsi qu'une affection profonde à Edward, et qu'Edward semblait, en retour, admirer au plus haut point la jeune femme.

Ainsi, pensa Henry, *j'ai échoué.*

Lui qui avait juré de ne jamais souffrir à nouveau avait pourtant laissé son cœur s'attendrir peu à peu au contact d'Amy. Le spectre du choix d'Helen – qui lui avait préféré un autre homme – planait encore dans son esprit. Pourtant, cette fois-ci, la douleur était différente car il savait qu'Amy n'était pas femme à jouer avec les hommes, et qu'elle n'avait aucunement l'intention de lui infliger pareille souffrance. Son désarroi en était d'autant plus important. Il avait assisté à la naissance d'une idylle, et il se maudissait, se demandant comment il avait pu penser faire le poids face à un homme aussi intrépide et intelligent qu'Edward, un amoureux de la vie, un homme d'action qui s'était affranchi des barrières de la société, un homme qui avait tant souffert et qui luttait encore ? Que valait son flegme en comparaison ? Certes Edward était de petite condition mais il avait une personnalité hors du commun, et Henry se doutait qu'Amy Rosebury se moquait bien des titres et des pedigrees.

Il soupira. Le jeune couple ne manquerait pas de rencontrer de nombreuses difficultés ! Quand bien même Edward survivrait, la société n'avait pas leur esprit libéral et les conventions ne leur permettraient pas de s'aimer officiellement. Henry s'en voulait d'autant plus qu'il avait le sentiment d'avoir été l'instigateur de cette rencontre. S'il n'avait pas cédé à Amy cette fameuse nuit, rien de ceci ne serait arrivé. Tout était de sa faute ! Il maudit sa pudeur. S'il s'était déclaré plus vite, s'il avait accepté de mettre un mot sur les sentiments qu'il éprouvait pour la jeune femme, Amy ne se serait peut-être pas autant attachée à Edward. Il avait espéré un instant qu'elle l'apprécie. Il avait même cru le deviner à plusieurs reprises. Comme les femmes, même raisonnables, étaient promptes à changer de sentiment ! Mais pourquoi donc n'avait-il pas eu le courage d'exprimer ses sentiments naissants à Amy quand il était encore temps ?

Puisqu'il était en partie responsable de cette idylle, il devait l'assumer. Parce qu'ils étaient ses plus chers amis, il se devait de les épauler de son mieux, quoi qu'il lui en coûte. Seul leur bonheur devait lui importer. Il était un homme de devoir avant tout. Et son devoir se portait vers eux. Désormais, le reste n'avait plus de sens. Il se remémora les conseils de son défunt père. Celui-ci affirmait souvent que leur place privilégiée dans la société les obligeait à se conduire comme un exemple. Ils n'avaient pas le droit de laisser leurs petits intérêts supplanter leur sens des responsabilités. Henry était un gentleman.

Il devait en porter le fardeau. Il ne devait rien laisser paraître. L'honneur, pour les Clenneth, demeurait un devoir.

Alors qu'Amy voyait s'écouler les jours qui la rapprochaient de son départ du Gloucestershire, elle avait remarqué un changement soudain dans l'attitude de Henry Clenneth à son égard. D'abord meurtrie, elle avait fini par se convaincre que la frilosité du jeune homme provenait de la méfiance qu'il nourrissait à l'égard des femmes. Parfois, elle soupçonnait Edward de lui avoir parlé de ses sentiments. Mais à chaque fois qu'elle l'interrogeait, ce dernier niait vigoureusement, laissant à Amy pour seul confident son précieux coffret de bois peint, où elle continuait de déposer sa correspondance secrète :

Cher Henry,

Voilà des jours qu'en dehors du souterrain, vous me parlez à peine ! Sans que je sache si j'ai fait quelque chose qui a pu vous offenser. Edward, qui m'a percée si facilement à jour – me jure qu'il ne vous a rien dit de mes sentiments.

J'ai cru bêtement que vous aviez de l'intérêt pour moi. Je commence à comprendre que j'ai fait fausse route. Après tout, comment un homme d'une telle nature aurait pu s'intéresser à une jeune fille aussi modeste que moi ? Est-ce d'ailleurs un hasard si, lorsque je m'immerge dans un roman tels que nous les apprécions tous deux, je m'identifie plus souvent au personnage secondaire qu'à l'héroïne ? Vous, Henry, ne mériterez jamais qu'une figure de premier plan.

Je suis votre amie. Je dois m'en contenter et trouver mon réconfort dans le fait que vous appréciiez encore par moments ma compagnie.

Vous restez amical bien que distant, parfois je perçois vos yeux brûlants mais votre air est sombre et froid.

J'en viens à croire que j'ai rêvé tous les moments que nous avons partagés, tous les gestes d'affection et de gentillesse que vous m'avez accordés. Me suis-je méprise ? Me suis-je emballée trop vite, moi qui connais si mal les hommes ? Et vous, n'avez-vous pas vu combien je vous admire ? Au contraire, n'était-ce pas trop évident ? N'aurais-je pas dû le dissimuler plus adroitement ? Est-il possible que vous vous soyez lassé de moi ?

Ne sachant où trouver les réponses à ces questions qui me hantent, il ne me reste plus qu'à faire bonne figure, tâcher de demeurer égale… tout en guettant avec espoir le moindre signe, le moindre geste d'attachement.

Votre dévouée,
Amy

L'arrivée de l'héritier des Bridgestone était prévue pour novembre 1797. À mesure que son ventre s'arrondissait, Abigail devint de plus en plus léthargique. Son mari passait le plus clair de son temps auprès d'elle, ce qui laissait beaucoup de temps à Amy pour prodiguer des soins à Edward. Malgré sa peine, le jeune homme la distrayait en lui relatant ses aventures. Petit à petit, elle se prit à l'apprécier pour ce qu'il était et non plus parce qu'il était le fidèle allié de Mr Clenneth. Décidément, songeait-elle parfois, il lui serait bien difficile de quitter Cheltenham, lorsque le temps serait venu.

À la peine de s'éloigner de Henry s'ajouterait celle de devoir se séparer d'un nouvel ami.

L'état du malade semblait s'améliorer doucement. L'espoir renaissait et alors tous les trois se prenaient à imaginer comment Edward recommencerait sa vie. Dans ces moments, Amy aurait voulu arrêter le temps… rester dans cette grotte auprès de ses amis. Dans ces moments, elle et Mr Clenneth étaient eux-mêmes et profitaient avec joie d'Edward.

Malheureusement, lors d'une nuit orageuse de la fin août, Henry Clenneth se présenta à Crawfield sous une pluie battante. Il fut reçu par William qu'il pria d'aller chercher Amy. Devant son air funeste, William ne posa guère de questions et promit de rester discret. Cette visite inattendue eut autant d'effet sur Amy qu'un plein baquet d'eau glacée qu'on lui aurait jeté en pleine figure. Un éclair lui déchira la poitrine. Elle comprit immédiatement que l'état d'Edward s'était gravement détérioré.

Le trajet jusqu'à Dorrel fut pesant. Chacun restait muré dans son silence.

— Je ne comprends pas. Son état s'est subitement aggravé, avait juste déclaré Henry.

Edward respirait très difficilement. Il était en proie à une très forte fièvre et délirait. La pneumonie n'avait jamais complètement disparu et il avait suffi d'un rien pour qu'elle assaille de nouveau le pauvre être affaibli. Amy et Henry restèrent à son chevet durant de longues heures, priant, plongés dans la pénombre. Henry soutenait son ami pour l'aider à respirer tandis qu'Amy lui épongeait le visage.

Rien n'y faisait. Son état empirait. Henry libéra le bras avec lequel il soutenait le buste de son ami, pour poser sa main sur celle d'Amy. La jeune femme serrait les dents… hantée par la respiration d'Edward, par ce râle lancinant qui émergeait de ses poumons moribonds. Comment était-ce possible ? Il était bien trop jeune et bien trop bon pour partir déjà !

La longue agonie d'Edward Cole prit fin alors qu'une nouvelle journée commençait. Amy en resta abasourdie. Elle ne comprit pas tout de suite qu'il était parti. Un instant, il respirait encore et la seconde suivante… plus rien. Ainsi c'était cela, mourir. Le corps restait, égal à lui-même, comme s'il était encore prêt à respirer, comme si on pouvait encore lui parler. Mais plus rien ne se passait. Quelque chose s'était arrêté, envolé. Son âme l'avait quitté. Un seul instant s'était pourtant écoulé. Rien de spectaculaire n'avait eu lieu. Le visage apaisé, et encore chaud, Edward semblait dormir. Oui, on aurait vraiment dit qu'il dormait !

Henry Clenneth prit alors doucement la main d'Amy et, s'agenouillant devant la dépouille, se mit à prier.

— Accueillez en vos mains l'âme d'Edward. Un homme bon, un ami sincère. Son amour d'autrui doit être un exemple pour chacun d'entre nous. Nous qui restons seuls. Qu'après la longue agonie qu'il a vécue avec honneur, sans jamais une plainte, il trouve la paix en votre Royaume.

Il contenait à grand-peine son émotion.

— Consolez ceux qui le pleurent aujourd'hui et qui chériront son souvenir à jamais.

Amy éclata en lourds sanglots. Elle approcha délicatement ses doigts des mains du gisant qu'elle effleura à peine.

Henry la prit doucement par les épaules, l'attira à lui, la serrant contre son cœur. Abandonnée contre lui, elle pleura longuement. Sa présence l'apaisa peu à peu.

Il avait pleuré en silence. Et, comme elle levait les yeux vers lui, elle vit les larmes couler le long de ses joues. Elle devinait combien le fait de perdre pour la deuxième fois son ami le plus cher, à la fois son compagnon de jeu, son âme sœur, son élève et, parfois, son rival, le ravageait de douleur. Elle prit alors son mouchoir et lui essuya les joues en murmurant ce passage de l'Apocalypse selon saint Jean :

— Il essuiera toute larme de leurs yeux, et la mort ne sera plus.

Elle se blottit de nouveau contre lui et leur étreinte redoubla. Ils restèrent ainsi tendrement enlacés de longues minutes.

Alors qu'il tenait fermement Amy contre son cœur, regardant les traits enfin tranquilles de son ami, Henry fit la promesse muette à Edward de veiller sur la jeune femme. Il comprit qu'à cette fin, il devait s'éloigner d'elle quelque temps pour ne pas raviver par sa présence le souvenir douloureux d'Edward qui l'empêcherait de faire son deuil. Henry avait peur de trahir la mémoire d'Edward s'il la gardait à ses côtés. Car là, quand il la tenait dans ses bras, il n'avait qu'un rêve : l'embrasser, lui confesser son amour et l'entendre accepter un jour de devenir sa femme. Et désormais, ce rêve ne lui était plus permis.

Il ne parvenait pas à délacer ses bras. Pourtant, il savait qu'en l'honneur d'Edward, il devrait briser l'étreinte. Pendant de longues minutes il ne put s'y résoudre, et lorsque enfin il se détacha doucement d'Amy, il eut l'impression que toutes ses forces l'abandonnaient.

Il fallut quitter la grotte… rentrer chez Mr Elias. Lorsque Mr Clenneth la hissa hors du souterrain, tout troublait Amy. Les oiseaux gazouillaient, les feuilles bruissaient… Comment était-ce possible ? Comment le monde avait-il pu continuer à tourner ? Ne savait-il pas ? Et elle, que faisait-elle ici ? Appartenait-elle encore à cet univers ? Pourquoi Abigail riait-elle avec William ? Pourquoi ces vieilles dames cancanaient-elles derrière les étals du marché ? Comment la vie pouvait-elle continuer ainsi quand l'un de ses plus vivants composants s'en était allé ?

Henry avait raccompagné Amy jusqu'à la porte de la demeure mais il n'entra pas. En le voyant s'éloigner, à travers le hall de Crawfield, sans un geste, sans un dernier regard dans sa direction malgré l'épreuve qu'ils venaient de vivre, malgré ce qui venait de se passer entre eux, elle se sentit abandonnée. Elle monta se coucher d'un pas lourd. Étonnamment, le sommeil l'emporta très vite, mais lorsque les rayons de la lune l'éveillèrent au cours de la nuit, l'image d'Edward sur son lit de mort n'avait pas disparu.

— C'est un cauchemar ! murmura-t-elle.

Elle se leva et erra plusieurs minutes dans sa chambre. Elle voulut prendre sa plume mais l'hébétement la terrassait. Les larmes roulant sur ses joues, la poitrine gonflée, elle s'allongea sur son lit et enfouit son visage dans les oreillers moelleux.

Plus tard dans la matinée, on la prévint que Henry l'attendait dans le hall. Sa première réaction fut de se précipiter vers le jeune homme, en quête d'un geste tendre. Mais il l'accueillit d'un regard vitreux, et se contenta de lui annoncer qu'il avait trouvé un pasteur qui organiserait un enterrement décent à leur ami. Il avait choisi un coin de pâturage du domaine, à l'ombre d'un grand chêne.

George ne put les rejoindre pour la mise en terre. Ils se tinrent donc tous deux, droits et fiers, près du pasteur qui dit quelques mots et les laissa seuls. Henry, blafard, mordait ses joues. Il gardait les yeux fixés sur le sol.

— C'est drôle, dit-il, je le revois en culotte courte, jouant avec un râteau quand nous nous étions mis en tête d'aider le vieux jardiner.

Alors, tout doucement, Amy vint glisser sa main dans la sienne, et cala son visage contre son épaule. Elle n'avait pas réfléchi. Elle en avait simplement envie. Edward était parti, comme un rappel que la vie pouvait s'achever si vite. La sienne ne pouvait pas prendre fin sans qu'elle ait témoigné sa tendresse à Henry. Elle s'étonna qu'il ne la repousse pas comme précédemment. Au contraire, elle crut percevoir qu'il pressait légèrement sa paume de main.

Mais bientôt, Henry lui demanda de le laisser seul. De loin, elle le vit arranger la tombe de son ami, les mains et les genoux à même la terre.

Elle ne savait comment lui témoigner son amitié. Il avait sûrement besoin de moments de solitude pour digérer les événements. En mesurant sa propre douleur, elle devinait combien celle de son compagnon devait être pesante et terrible.

Les jours suivants, tous deux se mirent à arpenter le parc dans des directions opposées car Amy, impuissante, sentait que Henry la repoussait de plus en plus. Elle donnait alors libre cours à ses pensées. Edward ne reviendrait plus. Il avait quitté sa vie aussi vite qu'il y était entré… et pourtant, elle savait que cette rencontre ne serait pas sans fruits. Le jeune homme, par son témoignage, avait réveillé en elle une force. Une volonté de vivre… et de vivre comme elle l'entendait. Comme il était étrange de penser qu'elle ne le verrait plus jamais… Elle avait souvent l'impression qu'il l'attendait là-bas dans la grotte, qu'il l'accueillerait bientôt avec un sourire et quelques bons mots. Dans ces instants, Amy pensait avoir fait un mauvais rêve. Mais une visite dans la chambre souterraine suffisait pour que l'émotion la prenne à la gorge et que les larmes inondent ses cils.

Le plus difficile était de ne pas pouvoir partager sa peine avec sa sœur, qu'il fallait éviter de troubler ou d'inquiéter vu son état. Toutefois, Amy trouvait son réconfort dans la perspective qu'un nouveau petit être allait bientôt naître. Le miracle de la vie résidait là : un être mourrait tandis qu'un autre se préparait à naître. Pour se divertir, elle cousait avec application des petits bonnets blancs et tricotait des bottons.

Lorsque son cœur menaçait d'éclater, elle reprenait sa plume pour se confier à la boîte en bois peint, ornée de son monogramme, qui dormait dans sa chambre :

Cher Henry,

Votre silence me tue à petit feu. Vous voir si triste me fait si mal. Je me sens terriblement impuissante. Chaque fois que je vous propose mon aide, que j'essaie de me montrer attentionnée à votre égard, je vous sens encore plus distant, encore plus froid.

Je peux tout entendre de vous, Henry, pour peu que vous acceptiez de me parler.

Je vous connais, Henry. Durant ces heures passées dans ce souterrain avec vous, j'ai vu combien vous étiez un ami fidèle, j'ai vu combien vous aimiez Edward. J'ai vu le soin que vous portiez à ceux que vous aimez. J'ai vu vos valeurs et vos forces. Je vous ai vu espérer… et désespérer. Je connais vos regards de braise, vos éclats de tendresse, vos rictus d'angoisse, vos rides d'amusement et vos sourires enjôleurs. J'ai vu vos traits, tour à tour fatigués, tourmentés, exaltés ou confiants.

Et je devine les tourments qui vous animent aujourd'hui. Je sais qu'à votre tristesse infinie d'avoir perdu votre compagnon d'enfance, se mêle la culpabilité de l'avoir mené à sa perte. Comme j'aimerais vous gronder d'aussi sombres pensées ! Vous n'êtes pour rien dans le décès d'Edward. Et jamais personne ne pourra dire le contraire. Edward était un esprit libre, et c'est cet esprit qui l'a porté vers les contrées françaises. Pas vous.

Vous l'avez soigné avec la patience et la douceur d'un frère. Je sais qu'Edward vous en est reconnaissant.

Il est parti dans l'amour. Malgré le caractère révoltant d'un départ si jeune, cette pensée doit nous réconforter un peu.

Edward nous oblige. Il nous oblige à relire nos vies pour faire en sorte qu'elles ne soient pas vaines. Il nous oblige à oser saisir les chances qui s'offrent à nous.

Car il nous rappelle que toute vie peut cesser d'un instant à l'autre. Et que toute vie qui n'est pas donnée est perdue.

J'ai cru un instant que nous nous accordions sur ce fait. J'ai cru que, Edward sur son lit de mort, avait voulu nous rapprocher dans cette étreinte. J'ai cru que notre destin était tracé, et qu'il était de rester ensemble.

Mais à mesure que je vous vois vous enfermer dans votre mutisme, je comprends qu'une partie de votre cœur m'est toujours inconnue… Regrettez-vous la manière dont vous m'avez enlacée ce jour-là ? Me voir vous replonge-t-il dans le souvenir de cette terrible nuit où Edward nous quitta ?

J'aimerais tant que vous me parliez, Henry.

Je vous vois arpenter le parc seul. Je vous vois vous calfeutrer dans votre bureau, et je ne sais que faire.

Je n'ose troubler votre deuil. Je n'ose vous parler de ma propre tristesse.

Pourtant j'aurais tellement besoin de vous, Henry.

Je vous en prie, parlez-moi.

Votre dévouée, et pour toujours,
Amy

William n'était pas dupe. Il voyait les traits tirés d'Amy, son air mélancolique lorsqu'elle scrutait le ventre rond de sa sœur, et les larmes qu'elle refoulait parfois. Il avait d'abord suspecté une querelle d'amoureux entre Amy et George. Mais pourquoi Henry Clenneth aurait-il alors débarqué en pleine nuit à Crawfield ? Cette nuit-là, il avait supposé que Miss Clenneth était indisposée, mais preuve en était qu'elle se portait comme un charme, riait et chantait en toute insouciance.

Il dut bientôt se rendre à l'évidence que la chose devait être bien plus grave… On murmurait dans le pays qu'on avait enterré un jeune inconnu… Et William commençait à pressentir qu'Amy était liée à ces rumeurs. Pour autant, il ne parvenait pas à se résoudre à l'interroger. Il faisait suffisamment confiance à George et Henry pour savoir qu'ils avaient tous une bonne raison de se taire. De surcroît, il ne souhaitait pas vraiment connaître le fond de l'histoire car, alors, il aurait été obligé de faire un rapport à Mr et Mrs Rosebury. Il lui aurait alors fallu porter atteinte à l'indépendance qui seyait tant à Amy. Tout à sa discrétion, il ne posait jamais de question mais ne manquait pas non plus une occasion de garder un œil attentif sur sa petite belle-sœur.

Après avoir traîné plusieurs jours dans le parc, rendant hommage à chaque souvenir avec Edward, Henry Clenneth s'était immergé dans ses affaires, au point d'en oublier de dormir. Lorsqu'il n'était pas occupé, ses sentiments le harassaient. Il revoyait les images d'Edward riant, sur sa couche de fortune, qui se mêlaient à celles de son corps froid et raide. Se chevauchaient aussi les gestes d'Amy envers Edward, puis les larmes de la jeune femme et son abandon contre le cœur de Henry. L'attention qu'elle avait eue envers lui le jour de l'enterrement le hantait. Il avait beau lui chercher mille et une raisons, chaque fois qu'il revivait la scène, son cœur manquait d'exploser. La honte l'assénait alors… Comment osait-il salir la mémoire de son ami ?

Quel gâchis ! Edward lui avait rappelé que tout être humain était mortel. Et pourtant, Henry ne pouvait suivre la seule direction qu'il aurait aimé donner à sa vie pour qu'elle ait du sens. Même si, par souci de protection, il offrait à Amy de devenir son épouse, il savait que cela aurait été un geste hypocrite car il espérerait toujours qu'elle finisse par l'aimer et culpabiliserait de cette situation.

Empêtrés dans leurs réflexions sans fin, Amy et Henry communiquaient peu, et continuaient de s'éloigner l'un de l'autre au fil des jours.

CHAPITRE 5

UN CERVEAU VIDE EST LA BOUTIQUE DU DIABLE

— PROVERBE ANGLAIS

Le dernier jour d'août arriva, et la voiture des Bridgestone fut chargée. Il était temps pour eux de rentrer à Bath afin de préparer les dernières semaines avant le confinement d'Abigail, et pour Amy, il fallait retrouver ses parents et Catherine. Henry Clenneth vint à Crawfield leur souhaiter bon voyage. Il s'attarda quelques secondes de plus que nécessaire en saluant Amy. Si un épais nuage ternissait ses beaux yeux émeraude, il resta muet.

Une révérence. Un soubresaut. Déjà, la voiture filait vers le sud, déchirant en lambeaux le cœur meurtri d'Amy.

La jeune fille retrouva avec nostalgie le paradis de son enfance. Rien n'y avait changé. La nature demeurait paisible, et son silence simplement troublé par quelques chants d'oiseaux et par les claquements de la brise marine. Seules les vagues brisaient parfois avec violence ce calme paysage. Rien n'y avait changé et pourtant tout semblait étranger. Un vide immense avait envahi l'âme d'Amy... Si son corps se tenait à Weymouth, ses pensées, elles, survolaient l'imposante demeure de Dorrel Park. Les moments passés dans le souterrain auprès d'Edward la hantaient. Elle revoyait sans cesse les yeux rieurs du jeune homme, ses rictus de souffrance... et son visage si paisible dans la mort. Parfois, elle ressentait presque encore sur son bras la chaleur de la main de Henry Clenneth la réconfortant. Elle revivait son étreinte vigoureuse, ses gestes empreints de douceur, son regard désespéré. Elle se remémorait aussi avec une sensation d'étouffement le visage fermé qu'il avait affiché pendant les dernières semaines de son séjour dans le Gloucestershire.

Mr et Mrs Rosebury s'inquiétaient pour leur fille. Ils ne pouvaient s'accorder sur ce qui les effrayait le plus. Était-ce son teint pâle, son corps amaigri, ou bien la flamme ardente qui s'était allumée dans ses yeux ? Leur préoccupation ne fit que croître lorsque la jeune femme, ayant retrouvé ses livres, décida d'étudier avec une dévotion farouche. Elle s'enferma dans la bibliothèque sous les sarcasmes de sa jeune sœur Catherine, qu'un séjour à Londres avait rendue encore plus coquette.

Leur père se rongeait les sangs. Il appréciait la culture et l'esprit critique de sa fille mais craignait ses excès. Il avait peur qu'elle ne s'enferme dans un monde peuplé de livres et d'essais. En conséquence, décision fut rapidement prise d'envoyer Amy en Irlande auprès de son oncle et de sa tante Lennox qui y avaient hérité d'un large domaine.

Catherine fut également du voyage. Regrettant les effets de son séjour à Londres, son père avait jugé qu'il serait bon de l'éloigner de la société anglaise un brin surfaite qu'elle affectionnait tant. Ce ne fut pas sans mal. La jeune fille avait vivement apprécié vivre sans ses sœurs pendant un temps, et ne plus leur être comparée. Au retour d'Amy, la jalousie avait repris le dessus. Catherine ne supporta pas que ses parents concentrent leur attention sur la pâleur de sa sœur et ne put souffrir l'inquiétude qu'ils lui portaient. Pas plus qu'elle ne comprit pourquoi elle devait lui servir de compagne dans un voyage qui ne l'enthousiasmait guère. Bon an mal an, elle finit par capituler, se souvenant que l'oncle Lennox n'étant avare ni en cadeaux, ni en réceptions, elle pourrait bien tirer avantage de cette petite aventure.

À Cork, Lisa fut tout de suite frappée de voir à quel point sa cousine préférée avait changé. Certes, Amy promettait de devenir aussi belle qu'Abigail, mais son visage se teintait souvent de mystère et de gravité. Et quelque chose dans son attitude laissait parfois entrevoir une once de mélancolie qu'elle ne lui avait jamais encore vue. Lisa se garda bien de le faire remarquer car elle voyait qu'Amy faisait son possible pour dissimuler son abattement. Et puis, elle pouvait être si secrète ! Si elle devait s'ouvrir à Lisa, elle le ferait d'elle-même… sinon, pourvu que l'Irlande l'aide à oublier ses tristes pensées !

Dès son arrivée, Amy écrivit une lettre à Mr Clenneth.

Cher Mr Clenneth,

Après les événements douloureux de l'été, j'espère que cette lettre vous trouvera apaisé et en bonne forme. Soyez, encore une fois, assuré de mon soutien et de mon amitié.

Nous voici, Catherine et moi-même, arrivées à Cork où Papa nous a accompagnées. Le voyage fut plaisant. J'ai pu me divertir en tentant d'analyser la société qui nous accompagnait, comme notre cher Edward l'aurait fait.

C'est une joie véritable de retrouver mon oncle et ma tante, ainsi que cette chère Lisa.

L'Irlande semble bien différente de Weymouth. Ses paysages sont magnifiquement enchanteurs. Et vous verriez tous ces moutons ! Que c'est amusant !

Mon oncle craint toujours quelque instabilité du fait de la situation politique. Il lui arrive de rencontrer de temps en temps des comtes irlandais hostiles à la Couronne, et il s'inquiète alors pour la longévité de son héritage. Toutefois, il semble que nous soyons en sécurité à Cork. La ville est adorable et le monastère médiéval magnifique.

J'espère que Mr Elias se porte bien et que votre sœur apprécie son séjour londonien…

Aussitôt cette première lettre formelle achevée et envoyée, Amy s'attela à celle qui importait vraiment à ses yeux, celle qui irait rejoindre le coffret en bois qui ne l'avait jamais quittée, tel un précieux talisman.

Cher Henry,

Rassurez-moi. Vous portez-vous bien ? Je tremble en vous imaginant harassé par la douleur, tapi dans votre cabinet de travail ! Comme j'aimerais pouvoir vous aider à surmonter l'épreuve terrible qui vous a privé de votre ami le plus cher. J'aimerais vous dire que, si vous le souhaitez, je suis là pour vous soutenir. Mais je connais déjà votre réponse. Vous êtes fier et indépendant…

J'aurais tant souhaité vous réconforter autant que vous m'avez soutenue cette terrible nuit, et ce bien que nos peines soient inégales. Edward était un être exceptionnel, et même si je n'ai pas eu la joie de le côtoyer longtemps, je le pleure comme le véritable ami qu'il était devenu.

Quel dommage d'avoir dû quitter l'Angleterre en ces temps où j'aurais pu vous apporter mon soutien ! Mais je me console en sachant que Mr Elias et Miss Margaret sauront vous être d'une solide aide. Peut-être que mon départ est aussi une bénédiction : ainsi vous ne risquez pas de revivre les douloureux moments que nous avons vécus ensemble, que ma seule présence suffirait sans doute à raviver.

J'espère que, malgré votre fierté et votre pudeur, vous vous confiez à votre sœur, car je suis persuadée que trouverez de l'apaisement dans sa douceur et dans sa joie de vivre. J'aimerais aussi que Londres vous redonne le sourire. Cela ne signifie pas qu'il vous faille oublier Edward. Sa mémoire devra vivre à travers votre existence heureuse et bien remplie. Je sais que c'est ce qu'il aurait voulu.

Mon futur proche se résume à la découverte d'un nouveau pays, d'une nouvelle culture, d'une nouvelle société. L'Irlande m'intrigue, Henry ! Et j'ai grand-hâte d'en savoir plus sur ses légendes et ses êtres merveilleux. Prenons garde, sinon Lisa et moi allons finir par nous transformer en fées !

Septembre et octobre s'écoulèrent, sans nouvelles de Mr Clenneth. L'impatience d'Amy avait d'abord cédé la place à la morosité puis à la résolution. Elle avait longtemps espéré une réponse. Quelques lignes auraient suffi. Mais le silence, aussi blessant et mortifiant qu'il pouvait être, lui montrait qu'elle s'était trompée sur l'affection que Henry Clenneth pouvait lui porter. Elle était désormais persuadée d'avoir mal interprété toute forme d'attention que Henry Clenneth avait pu avoir à son égard.

Il ne lui restait qu'à poursuivre son chemin et voir ce qui adviendrait.

Le temps et la distance semblèrent adoucir peu à peu l'acidité du décès d'Edward et l'indifférence de Henry Clenneth. Même si Amy se réveillait parfois en proie à de sombres pensées, elle se laissait égayer par les petites joies de la vie. Elle réfléchissait aussi beaucoup sur le sens des choses. La mort, cette chose étrange, faisait partie de la vie. La mort les entourait. C'était l'étape ultime de toute existence. Elle prenait tout le monde sans distinction : riches et pauvres, bons et mauvais. Elle choisissait son moment sans que nul puisse le déterminer. Tous étaient mortels. Là se trouvait la richesse de la vie. Il lui fallait l'accepter.

En novembre, une formidable nouvelle provint de Bath. William-John Bridgestone était né le 15 du mois.

Bath, 17 novembre 1797

Ma chère sœur,

Oh, Amy, notre petit trésor est enfin parmi nous. Nous l'avons prénommé William-John. J'aimerais tant que vous puissiez le voir. Quel beau nourrisson ! Je ne suis pas peu fière de ce solide petit bonhomme rondouillard. Il est aussi gentil que son père et pleure rarement ! Je lui parle régulièrement de ses chères tantes.

Je crois que Mr Bridgestone est fier d'avoir un si beau garçon ! Un fils, Amy, rendez-vous compte ! Quoique je ne doute pas qu'il l'eût autant aimé si le bébé avait été une fille. Je sais que vous partagerez mon avis.

Mr Elias s'est précipité pour nous rendre visite et nous féliciter. De même que nos chers parents, dont vous trouverez la lettre ci-jointe, eux-mêmes ravis.

Mr Elias est son parrain. Nous aurions aimé que vous soyez la marraine ! Comme l'a dit notre ami, il faut que nous ayons vite un deuxième enfant afin que ce souhait se réalise !

Quelle étrange sensation ! Le cœur d'Amy s'inondait de joie à l'idée de se savoir tante mais se serrait de ne pouvoir bercer le nourrisson et prendre les heureux parents dans ses bras. Elle ne pouvait cependant pas en vouloir à son père de l'avoir ainsi éloignée. Loin de l'Angleterre, l'acuité de ses souvenirs s'estompait. Son visage s'était empli et avait retrouvé sa santé débordante. Et puis, elle aimait tant la compagnie des Lennox ! Elle faisait son deuil d'Edward et tentait d'oublier Mr Clenneth. Jusqu'à présent, elle était assez fière du travail accompli.

William a reçu des nouvelles de Londres de la famille Clenneth. Il a été très triste de m'apprendre le décès de Mrs Clenneth, la tante de nos amis.

Hum, se ravisa Amy, sentant son cœur se serrer à la lecture de ces mots. Il n'était sans doute pas si facile de prendre de la distance avec ses sentiments pour Henry !

La tête appuyée contre les carreaux de verre épais que battait une solide pluie d'automne, elle resta un instant pensive, la missive à la main, à contempler l'écriture si familière de sa sœur. Se dire qu'Abigail était mère provoquait en elle d'intenses émotions qu'elle avait besoin de confier à un ami. Loin des siens et expatriée, elle se sentait seule.

Elle n'avait plus touché au coffret offert par Abigail depuis plusieurs semaines. Lentement, elle le délogea de la vitrine où elle l'avait rangé et s'installa devant le petit bureau Davenport que son oncle venait de faire installer dans sa chambre et qui tirait son nom d'un capitaine de la Navy qui avait, le premier, commandé cette sorte d'écritoire à tiroirs pour meubler sa petite cabine.

Elle caressa d'un doigt le monogramme vert qui en ornait le couvercle, puis délicatement, souleva ce dernier.

Pointe de Cork, décembre 1797

Cher Mr Clenneth,

Henry,

Je suis tante, Henry ! J'ai encore du mal à réaliser que ma chère Abigail est devenue mère. Songez que ce petit être dépend maintenant uniquement de ses parents !

Comme j'aimerais déjà le connaître, le prendre dans mes bras, le cajoler et en prendre soin ! Lorsque je reviendrai, je pourrai lui chanter l'une de ces anciennes berceuses gaéliques que j'ai apprise ici pour lui. Pourtant ma joie d'être tante est ternie par le fait que je ne le verrai pas nourrisson, et que je ne suis pas à Bath pour partager ces moments…

J'aime mon oncle et ma tante. Je voue une adoration sans bornes à Lisa. J'aime l'Irlande et ses paysages verdoyants qui vous revigorent le cœur. J'aime ce vent plein qui gonfle mes boucles et fouette ma peau. Ces accents gaéliques qui me transportent dans un monde féerique peuplé de Leprechaun et de Dullahan.

Mais ma famille me manque atrocement.

Et vous aussi.

Je me suis empêchée de vous écrire pendant ces longues semaines car je voulais échapper aux tourments de mon cœur. Mais c'est un fait que je ne peux nier : j'aimerais, plus que jamais, être à vos côtés. En particulier maintenant, que vous avez dû faire face au décès de votre tante bien-aimée.

Les gens ont coutume de dire que ces départs sont naturels. Ils ont raison. Tout homme doit mourir. Vous et moi le savons bien. Ce savoir apaise-t-il pour autant notre douleur ? Devrions-nous moins souffrir sous ce prétexte ?

Je n'en crois rien. Je connais l'affection que vous portiez à votre tante. Je devine qu'en lui disant Adieu, vous perdez l'un des derniers liens qui vous rattachait à vos défunts parents. Et je sais maintenant la douleur qui doit vous frapper, Margaret et vous.

Cher Henry, je vous sais fort et endurant. Mais la vie vous a été bien cruelle ces derniers mois. Et je crains pour vous. L'idée que vous souffriez et que je ne puisse vous aider m'est insupportable. Comme j'aimerais pouvoir me tenir près de vous, comme nous le fûmes quand nous veillions ce cher Edward.

Cher Henry, très cher Henry, votre long mutisme m'a blessée. Mais un mot de vous suffirait pour que je mette de côté mon orgueil, que j'abandonne ici mon oncle, ma tante, Lisa et Catherine, et que je vous revienne.

Votre Amy

Mrs Clenneth s'était éteinte quelques jours avant la naissance du petit Bridgestone. Son neveu avait rallié Londres en urgence afin de se tenir au chevet de la mourante et de recueillir ainsi ses dernières volontés.

Le principal souci de la vieille femme à l'agonie était le sort de la jeune aristocrate française qu'elle avait recueillie, Marie-Clotilde Praslin de Crainville. Soucieux de remplir ses volontés, Henry l'avait rassurée :

— Bien sûr, ma tante. Je ferai tout ce qui sera en mon pouvoir pour qu'elle ne manque de rien et vive selon son rang.

— Cette petite a déjà traversé tant de malheurs, murmurait Mrs Clenneth. Il n'y a qu'une seule solution pour lui assurer un avenir. Jusqu'ici elle était entièrement dépendante de mon bon vouloir. Henry, afin que les choses se fassent en bonne et due forme, promettez-moi de faire de cette jeune fille la maîtresse de Dorrel et de cette maison.

Le sang de Henry se glaça. Sa tante requérait qu'il fasse de la petite Française son épouse. Il songea à l'image de la douce Amy, abandonnée dans ses bras près de la dépouille d'Edward. Ce souvenir ne l'avait pas quitté durant ces longs mois. Il n'avait plus eu de nouvelles depuis que lui-même avait répondu à la lettre relatant son arrivée à Cork, mais savait par les Bridgestone qu'elle se portait bien et appréciait son quotidien.

Ainsi laissé sans réponse, Henry en venait à se demander si Amy reviendrait un jour. Pour lui, la lettre de septembre résonnait comme une lettre d'adieux.

Oublié par la femme qu'il aimait, voilà qu'on le sommait d'en épouser une autre. Le mariage et lui ne s'entendraient donc jamais ! Si tel était le chemin que l'honneur avait choisi pour lui, il l'accepterait.

Il émit cependant deux conditions.

— Ma tante, je respecterai votre souhait. Toutefois puisque vous me demandez de me lier à une inconnue que je n'aime pas, j'estime être dans mon droit en y posant deux clauses.

— Je vous écoute, râla la voix faible de Mrs Clenneth.

— Mlle de Crainville est bien jeune et de très haut rang. Je demande, par conséquent, que nos fiançailles durent au minimum deux ans et demeurent secrètes. Cela permettra à Miss de Crainville de les rompre si elle estime qu'il s'agit là d'une mésalliance et trouve un parti plus avantageux. Et ainsi elle aura le temps de parfaire son éducation, ma deuxième condition.

— C'est honnête, concéda la tante, si vous respectez pleinement votre part du contrat.

— Soyez sans crainte ma tante, je ne déshonorerai pas ma promesse et resterai fidèle à votre volonté. Cependant, permettez-moi d'insister. Je tiens à ce que Mlle de Crainville poursuive d'intenses études qui formeront son esprit et son caractère. Vous savez combien l'éducation me tient à cœur.

— Qu'il en soit ainsi, répondit sobrement la vieille dame.

Séparé d'Amy à jamais, Henry cessa de lui écrire. Cela ne changerait pas grand-chose, pensait-il, puisque la jeune femme n'avait jamais pris la peine de lui écrire à nouveau. Elle lui avait envoyé une courte missive de condoléances après le décès de Mrs Clenneth mais n'avait jamais donné suite à sa réponse.

Quelles étranges créatures étaient les femmes ! Comment la douce Amy, si amicale et si droite, avait pu oublier en quelques mois les amis avec qui elle avait partagé son été. Henry se jugeait en partie responsable. Il n'aurait sûrement pas dû l'exposer à de telles épreuves… Il n'aurait pas été étonnant qu'elle lui en veuille… Nul doute que le décès d'Edward avait dû être un terrible fardeau pour ses jeunes épaules… Plus il y songeait, plus il estimait qu'Amy avait préféré l'oubli… Pouvait-il vraiment lui en vouloir ? Mais alors, comme il avait mal jugé sa nature, lui qui l'avait crue si fidèle et si forte !

Il maugréa. Lui-même ne valait guère mieux. La disparition d'Edward l'avait ébranlé. Fuyant les réceptions et les compagnies frivoles, il se concentrait sur les seuls liens qui lui importaient désormais : sa sœur et George.

Les mois s'écoulaient. À Bath, le petit William-John avait déjà beaucoup grandi et distribuait des sourires à profusion, idolâtré par ses parents.

En Écosse, Robert Rosebury avait mis un peu d'eau dans son vin, et daignait envoyer de temps en temps quelques brèves missives à ses parents.

À Londres, Mlle de Crainville courait les galas sous la houlette de Lady Tornwell, à qui elle avait été confiée.

À Dorrel Park, Henry se morfondait devant la futilité du contenu des lettres de sa fiancée. Il la trouvait vulgaire, ambitieuse, dépensière et versatile et se doutait qu'elle ne faisait pas le moindre effort pour parfaire la formation de son esprit. Il se surprenait parfois à prier Dieu pour qu'elle trouve un benêt plus riche et plus titré que lui et décide de rompre leurs fiançailles.

Lorsque ses affaires ne l'occupaient pas trop, il passait son temps en compagnie de sa sœur et de George Elias. Miss Clenneth tentait de divertir son frère en lui concoctant des petits concerts privés ou en enrôlant Mr Elias dans des saynètes auxquelles ce dernier se pliait diligemment. Complices comme jamais, tous deux prenaient sciemment soin depuis longtemps d'éviter de prononcer devant lui les noms d'Amy, d'Edward et de Crainville. Ils l'avaient tout de même emmené s'extasier devant le visage dodu du petit Bridgestone car ils savaient que la vue du jeune enfant lui procurerait un immense bonheur. Malgré tout, revoir Abigail décocha une flèche dans la poitrine du maître de Dorrel.

À Cork, la vie d'Amy suivait son cours. Lisa et elle avait pris l'habitude de se promener longuement le long des côtes. Souvent, leurs excursions les menaient jusqu'au port d'où partaient les navires de pêche, chargés de travailleurs irlandais, ainsi que de larges trois-mâts de commerce, les gabarres, qui transportaient majoritairement du blé, de la laine et du beurre salé du pays.

Catherine ne les accompagnait que rarement. Au soulagement d'Amy, ses caprices eux aussi se faisaient moins fréquents. Et pour cause, elle était trop occupée à rechercher la compagnie d'une petite société composée de deux ou trois familles anglaises.

À la mi-mai 1798, un événement étrange se produisit, bouleversant le rythme tranquille et joyeux de la vie irlandaise. Les Lennox et les Miss Rosebury allèrent visiter les mégalithes et les menhirs de Bere Island, celles-là même d'où la flotte du général Hoche tentant d'accoster en décembre 1796, avait été chassée. Comme toujours depuis l'été, Amy mêlait tout événement français au souvenir d'Edward, et *a fortiori* à celui de Henry Clenneth.

Une fois leur excursion achevée, ils furent accompagnés sur le bateau du retour par un homme sombre dont les intonations étaient marquées par un fort accent français. Tandis qu'Amy et Lisa faisaient leurs adieux à l'île en caressant du regard son relief sauvage et verdoyant, l'homme s'approcha de leur petit groupe et demanda :

— N'est-ce pas là un accent anglais que je perçois ?

— En effet monsieur ! Monsieur… ? répondit l'Oncle Lennox.

— Martin Crimbe, monsieur, pour vous servir. Je suis français ! Mais ne prenez pas la mouche, j'aime beaucoup les Anglais.

L'homme avait un drôle d'air avec son canotier de travers, ses cheveux couleur paille, son bras tatoué et sa chemise aux couleurs criardes. Il portait un bandeau sur l'œil, ce qui alerta Amy. On eût dit l'homme en noir de son mauvais rêve. Celui qu'elle avait fait maintes et maintes fois depuis le départ d'Edward. La ressemblance était troublante !

Lisa chuchota à Amy :

— Si celui-ci est un noble français en émigration, à quoi ressemblait donc leur roi ? Cela ne m'étonne plus qu'ils l'aient guillotiné ! Les révolutionnaires auront alors sauvé la légendaire élégance à la française !

Amy pouffa et Lisa ajouta :

— Méfions-nous ! Je n'aime pas beaucoup son air ni ses manières.

Pendant ce temps-là, Catherine qui aimait toujours autant se mettre en avant, racontait à l'étranger :

— Mon oncle Lennox est un véritable admirateur de la France.

— Disons que je ne comprends pas pourquoi nous aimons tant leur faire la guerre, répondit l'intéressé.

— Vous avez bien raison monsieur, reprit Martin Crimbe. Mais, vous savez, j'ai beaucoup d'amis anglais. D'ailleurs je compte me mettre à la recherche d'un compère que je n'ai pas vu depuis bien longtemps.

— Comment s'appelle votre ami ? Savez-vous d'où il est originaire ? s'enquit Catherine d'un ton mondain.

— Je crains d'avoir oublié d'où il venait. Mais son nom est Cole, Edward Cole.

Le nom tomba comme un couperet sur une Amy blémissante. Tout se bouscula dans sa tête. Edward ! Cheltenham ! Dorrel Park ! Les Clenneth ! Cet homme était sans doute l'un des poursuivants d'Edward. Il fallait à tout prix le mettre sur une fausse piste, sinon tout Dorrel serait en danger.

Malheureusement, elle n'eut pas le temps de réagir car Catherine lançait déjà :

— Edward Cole ! Mais n'était-ce pas le nom du palefrenier de Mr Clenneth à Cheltenham ?

— Catherine ! intervint Amy.

— Mais c'est vrai, Amy ! C'est Abigail qui me l'a raconté. Elle m'a même dit que lui et Mr Clenneth étaient liés par une profonde amitié.

Amy réfléchit très vite. Pourquoi diable Abigail avait-elle raconté tout cela à cette sotte de Catherine ? Et quel coup du sort avait voulu que Martin Crimbe prenne le même bateau qu'elles ?

— Je sais Catherine, mais il n'est pas correct de cancaner sur les morts, fit-elle sèchement.

Puis feignant d'être désolée, elle ajouta :

— Oh monsieur Crimbe, je suis navrée. Loin de moi la volonté de vous annoncer avec une telle brusquerie cette terrible nouvelle. Effectivement nous avons eu vent de l'histoire de ce jeune homme, qui, passionné par la liberté, a traversé la Manche pour prendre part à la Révolution de France. Cependant, puisque sa famille avait renié le malheureux, les seules nouvelles qui furent divulguées furent celles de sa mort sur les terres françaises.

— Comment connaissez-vous son histoire ? Comment savez-vous qu'il était révolutionnaire ? fit Crimbe, méfiant.

— Son engagement a fait scandale en Angleterre. Les Clenneth l'ont même renié, mentit Amy, craignant d'en avoir trop dit.

— Edward. Mort ?

— Je suis navrée, feignit-elle.

— C'est impossible. C'est encore une de ses farces ! Edward est un drôle de lascar. Il a peut-être voulu se débarrasser du souvenir d'une famille trop encombrante mais il n'est pas mort. J'en suis persuadé.

— Oh si, reprit Catherine d'un ton acerbe. Je me souviens qu'Abigail m'a dit qu'il y avait eu des rumeurs dans le comté de Cheltenham l'été dernier. Un jeune homme inconnu aurait été enterré dans le secret. Aurait-ce pu être Edward Cole ? s'enquit-elle auprès d'Amy.

Cette dernière sentait la terre se dérober sous ses pieds. À quoi jouait Catherine ? Comment lui faire comprendre qu'elle mettait tout Cheltenham en danger ?

— Voyons Catherine ! Vous divaguez ! Vous savez bien qu'il ne faut pas donner foi aux contes de bonne femme. Pour ma part, je tiens de source sûre qu'Edward Cole est mort en France.

— Non, non, je vous assure. Vous devriez le savoir, Amy. Vous étiez également à Cheltenham cet été. Ne voulez-vous pas aider M. Crimbe ? Il pourrait être apaisant pour lui de se recueillir sur la tombe de son ami.

Le désarroi d'Amy se transformait en angoisse. Elle tentait malgré tout d'afficher un air serein. Leur compagnon de voyage se tourna vers elle, et la fixant d'un sourire narquois, il demanda :

— Est-ce vrai, miss Rosebury ? Edward serait donc enterré à Cheltenham ?

Amy soutint le regard de Crimbe en tâchant d'afficher un air étonné et de rester maîtresse d'elle-même :

— Comment le saurais-je, monsieur ? On m'a dit qu'il était tombé sur le sol français.

Elle bénit l'intervention de son oncle qui, lassé par cette conversation qui le dépassait, implora :

— Cessons de parler de choses tristes. Monsieur Crimbe, la nature irlandaise n'est-elle pas une consolation à toutes les peines ?

Dans la calèche sur la route du retour vers Cork, Amy ne cessa de tourner et retourner encore et encore l'épisode dans sa tête. L'horrible homme tatoué n'avait pas été dupe. Elle l'avait senti à son regard… comme s'il avait pu lire en elle ! Même si Edward était mort, il ne lâcherait pas l'affaire et traquerait toute information qui le mettrait sur la piste de son trésor. Il devait se douter qu'Edward se serait confié à ses amis avant de mourir. Les

Clenneth étaient en danger ! Il fallait avertir Henry au plus vite ! Amy devait à tout prix rallier l'Angleterre.

Les événements politiques lui vinrent en aide. Les Irlandais Unis et les Defenders, qui rêvaient de suivre l'exemple de l'émancipation américaine et de la Révolution française, se soulevèrent contre la Couronne de Grande-Bretagne et le Royaume d'Irlande. La rébellion éclata le 23 mai. Mr Lennox comprit aussitôt que la riposte anglaise ne tarderait pas. Conscient d'avoir sous sa responsabilité la vie de quatre femmes, il résolut de partir immédiatement.

CHAPITRE 6

LÀ OÙ LE CŒUR AIME, LÀ EST LE FOYER
— PROVERBE ANGLAIS

Dans le bateau regagnant l'Angleterre, Amy pensait à tous ces hommes, qui, comme Edward, se battaient jusqu'à la mort pour leurs idées.

Elle s'installa sur le pont reluisant au soleil pour se confier à sa fidèle boîte de bois peint.

En mer vers l'Angleterre, mai 1798

Cher Henry,

Nous avons quitté l'Irlande en hâte... sans savoir ce qu'il adviendrait de ces terres et de leurs habitants. Je confesse que je ne comprends pas comment nos gouvernements successifs et les Irlandais ont pu en arriver à de telles extrémités.

La foi chrétienne a eu ses martyres, voilà que les révolutions ont les leurs, et que des frères de croyances s'entre-tuent. Mourir pour la liberté est une chose, mais une frontière vaut-elle autant de veuves et d'orphelins, autant de pillages et d'exactions ? Pourquoi les hommes ressentent-ils le besoin d'écraser le faible, d'opprimer l'affamé ? Pourquoi veulent-ils posséder plus que ce dont ils ont besoin ? Pourquoi chaque mois annonce-t-il une nouvelle guerre ? Bien que le monde soit en train de se transformer profondément, la violence, elle, perdure. Je souffre de ne trouver aucune explication à ces tumultes chez les penseurs que nous affectionnons tous deux. J'aimerais tant que vous puissiez m'éclairer de votre opinion. Hobbes a-t-il raison ? L'Homme est-il violent par nature, « un loup pour l'Homme » ? Ou bien est-il bon et perverti par la société et la propriété, comme le disait Rousseau ? Sommes-nous véritablement libres de choisir entre le bien et le mal ? Après tout, si Dieu a créé l'Homme à son image, il lui a ensuite laissé le choix de sa vie, et confié la Terre. N'est-ce donc pas plutôt nos décisions qui nous rendent mauvais ?

D'ailleurs, certains engagements tournent mal. Combien de jeunes hommes comme Edward ont été pris de court par la tournure des événements ? Qui peut arrêter le mouvement lorsqu'il dégénère ? La faim, la haine, les privations, et l'injustice, semblent transformer les Hommes en bêtes.

Et pourtant, n'est-ce pas une noble tâche que de faire basculer l'ordre établi et de rêver d'un monde meilleur, comme le souhaitait notre cher Edward ?

Le rire moqueur d'une mouette interrompit la rêverie d'Amy. Ils arrivaient au port. Ils allèrent directement à Bath, où les Rosebury avaient trouvé refuge. Apprenant le soulèvement irlandais, ils n'avaient plus dormi, priant pour que leurs filles soient épargnées. La Grande-Bretagne, craignant également le danger français, avait constitué une deuxième coalition contre les révolutionnaires. Robert et son régiment avaient été envoyés combattre le général Bonaparte. Depuis, les Rosebury se consumaient d'inquiétude pour leurs trois enfants, éloignés dans des contrées périlleuses.

À peine franchi le seuil du grand hall blanc de la demeure des Bridgestone qu'Amy et Catherine furent accueillies par la joyeuse cavalcade des pas pressés des Rosebury résonnant sur le carrelage. Ils se précipitèrent tous deux les bras tendus vers leurs filles, un immense sourire de soulagement sur les lèvres. Amy et Catherine allèrent aussitôt se blottir contre eux. Alors que Mr Rosebury tentait de dissimuler son émotion en caressant la chevelure auburn de Catherine, sa femme pleurait chaudement en retenant Amy contre sa poitrine.

— Je ne me serais jamais pardonné qu'il vous soit arrivé quelque chose, avoua Mr Rosebury en pinçant gentiment la joue d'Amy.

Puis il se tourna pour donner une accolade à l'oncle Lennox et saluer les dames Lennox.

— Merci, merci de les avoir ramenées saines et sauves, répétait-il inlassablement.

Le couple Bridgestone s'était jusqu'alors tenu à l'écart, observant les effusions des Rosebury avec émotion. N'y tenant plus, Abigail confia William-John à son mari et se précipita à son tour vers ses sœurs. Elle serra longtemps Amy dans ses bras en psalmodiant :

— Ma petite sœur, ma chère petite sœur. Comme vous m'avez manqué !

Amy retrouva avec bonheur le doux parfum de sa sœur aînée et se remémora les scènes du passé que cette fragrance lui inspirait. Abigail virevoltant dans leur salon de Weymouth, ajustant son nouveau chapeau, dansant à son mariage, faisant irruption dans la chambre d'Amy chez George Elias… Comme tout ceci semblait d'un autre âge !

L'aînée des Rosebury sécha ses larmes. Elle entraîna Amy vers son trésor le plus cher qui babillait dans les bras de son père.

Quelle émotion ce fut pour Amy de rencontrer enfin son neveu ! Avec ses joues roses et ses grands yeux azur, c'était un beau mélange de ses parents ! Elle lui prit la main. En réponse, l'enfant lui sourit et elle sentit une douce chaleur se répandre dans son cœur. Délicatement, William le lui glissa dans les bras. Quelle sensation étrange que de tenir ce petit enfant, si fragile et pourtant si vivant ! Elle avait envie de le protéger et de couvrir ses joues rebondies de baisers. La joie étreignait le cœur d'Amy alors que les doigts potelés du petit garçon s'étaient mis à jouer avec les rubans de son chapeau.

— Tu es un petit miracle. Le miracle de la vie ! Comme vous devez être fiers, dit-elle en s'adressant à sa sœur et son beau-frère.

— Nous sommes tellement fous de lui que nous risquons de trop le gâter, rit William.

— Allons William ! Vous êtes trop raisonnable pour qu'une telle chose arrive ! De plus, si ce petit a votre caractère, il faudra le supplier pour qu'il accepte une quelconque faveur.

Cette voix ! Le cœur d'Amy fit un bond dans sa poitrine. Elle tourna lentement la tête et découvrit la silhouette de Henry Clenneth qui se tenait adossé à une colonne, à sept ou huit pieds d'elle.

Il fit quelques pas vers elle et s'inclina poliment.

— Miss Amy ! Quelle joie de vous retrouver saine et sauve !

Tout en disant cela, il la fixait, son regard émeraude éclatant des reflets qui lui étaient si particuliers.

— Vous avez eu bien raison de vous inquiéter, Mr Clenneth, car j'ai failli prendre l'uniforme des Defenders, répondit Amy avec acrimonie.

Elle regretta aussitôt son ton sarcastique. Mais elle se sentait presque fâchée de constater que Henry n'avait pas changé et qu'il s'adressait à elle de la manière la plus plate, comme si rien ne s'était passé, sans avoir l'air de se douter des tourments qu'il lui avait infligés. Et au fond d'elle, elle savait qu'il ne faudrait pas grand-chose pour qu'il reprenne l'ascendant sur son cœur. Ce qu'elle voulait à tout prix éviter.

Si Henry semblait s'amuser de la réponse d'Amy, ce n'était qu'apparences. Revoir Amy était pour lui un délice, certes, mais un délice qui lui assenait une douleur encore plus acerbe qu'il n'aurait pu l'imaginer. Il avait tant espéré que le temps et la distance adoucissent ses sentiments. Il n'en était rien. En retrouvant la jeune femme, il ne put que constater que ces derniers avaient mûri et s'étaient renforcés. Et l'accueil acide qu'elle lui avait réservé le glaçait malgré lui.

— Oh Mr Clenneth ! Je suis enchantée de vous rencontrer enfin ! s'écria une voix empreinte de sournoiserie.

— Miss Catherine, tout l'honneur est pour moi.

— Oh ne me regardez pas trop. Nous sommes parties dans une telle hâte ! Nous avons laissé près de la moitié de notre garde-robe en Irlande. N'est-ce pas une tragédie ? minauda-t-elle.

— Soyez rassurée, Catherine. Elle a sûrement fait le bonheur de quelques Irlandaises, rétorqua sa sœur. Je préfère penser à tous ces gens qui vont perdre la vie plutôt qu'à votre précieuse mousseline. Combien de vies humaines vaut-elle à votre avis ?

— Amy, plus vous vous accrochez à vos grands principes, moins vous avez de cœur. Vous n'avez pas dû abandonner votre plus belle robe de bal.

Non, mais j'ai perdu mon exemplaire du Contrat social, songea Amy. Fort heureusement, elle avait sauvé le coffret qui renfermait ses lettres secrètes.

Henry Clenneth paraissait mal à l'aise de se retrouver piégé entre les vifs échanges des sœurs Rosebury.

— Permettez-moi de m'éclipser, je ne voudrais pas troubler plus longtemps vos retrouvailles familiales. Je vais aller profiter du soleil dans le jardin de votre beau-frère.

— Oh quelle ravissante idée, Mr Clenneth, coqueta Catherine. Un peu d'exercice me ferait le plus grand bien après ce long voyage. Puis-je vous accompagner ?

— Hum. Mais certainement, miss Catherine, se résigna-t-il en lui offrant son bras.

Cette dernière lança un regard de dédain à ses sœurs, tout en prenant bien soin d'afficher un port de tête hautain.

— Quelle mouche l'a piquée ? demanda Amy, étonnée.

— À qui faites-vous allusion, chère Amy ? remarqua William.

— À Catherine bien sûr ! J'avais espéré que notre exode brutal lui aurait mis un peu de plomb dans la tête. Mais, voyez comme elle se comporte en présence d'un gentleman. Elle me semblait plus sage en Irlande. Mais vous pensiez que je parlais de Henry Clenneth ? Il me paraît en bonne forme. Lui arrive-t-il quelque chose ?

— William et moi sommes inquiets pour lui. Je sais bien qu'il est de nature réservée mais, ces temps-ci, il est franchement morose. Sa sœur parviendra peut-être à lui rendre le sourire ; il la retrouvera bientôt.

Amy était perplexe. À n'en point douter, le calvaire d'Edward hantait encore son ami. William-John gazouilla tel un signe d'assentiment.

— Et où est donc Mr Elias ? Je ne l'ai pas encore vu, continua Amy.

Les Bridgestone échangèrent un sourire complice. Elle n'avait pas oublié leur vieil ami !

— Il est en voyage malheureusement. Nul doute que nous le verrons bientôt.

Mais Amy n'écoutait déjà plus. Tout à la joie de retrouver sa famille, elle n'avait pas oublié la menace qui pesait désormais sur la famille Clenneth. Elle ne s'attendait pas à trouver Henry Clenneth chez sa sœur. Sur le trajet du retour, elle s'était même forcée à ne pas penser à leurs retrouvailles. Elle s'était convaincue de se comporter de manière détachée avec lui, mais en le revoyant plus tôt qu'elle ne l'avait escompté, le ressentiment qu'elle avait enfoui depuis qu'il l'avait ignorée avait resurgi sous le coup de la surprise.

À présent qu'elle avait vu le jeune homme s'esquiver d'un air triste et entendu, et qu'Abigail lui avait fait part de ses craintes à son égard, elle s'en voulait de s'être montrée si froide. Elle espérait vivement trouver un moment opportun afin de s'entretenir avec lui.

Le sort semblait pourtant s'acharner contre elle. Et ce fléau portait un nom : Catherine Rosebury ! Cette dernière suivait le jeune homme comme le chien court après la balle que son maître lui lance, sans lui laisser le moindre instant de répit. Amy blêmissait au fur et à mesure que la journée s'écoulait : il ne faudrait pas beaucoup de temps à Crimbe pour retrouver Dorrel Park.

En attendant de trouver le moment opportun pour avertir Henry, elle se consacra à son neveu dont les sourires parvinrent à lui faire tout oublier l'espace de quelques instants.

Lorsque l'enfant s'éveilla de sa sieste, Abigail et Amy installèrent une nappe sur le gazon du jardin, à l'abri du soleil. C'est là que Henry, enfin débarrassé de Catherine, trouva Amy. Elle racontait une histoire au petit William-John.

— On pourrait presque croire que c'est le vôtre, s'amusa-t-il en s'approchant doucement.

— N'avez-vous pas honte ! C'est ainsi qu'on lance d'affreuses rumeurs, Mr Clenneth. Vous connaissez pourtant mieux les usages de la bonne société que moi. Voulez-vous vraiment voir ma réputation mise à mal ? se piqua joyeusement Amy dont l'humeur s'était améliorée.

— Toute personne vous connaissant ne pourrait y croire, miss Amy. Je tenais juste à vous faire remarquer quel touchant tableau vous formiez, vous et le petit Mr Bridgestone.

La tendresse envahit le cœur d'Amy alors qu'il s'agenouillait près de l'enfant. Lui caressant doucement la tête, il lui dit d'un ton paternel :

— Bonjour, petit bonhomme.

William-John ne broncha pas, visiblement bien trop occupé à essayer d'attraper le chapeau que Henry tenait dans sa main.

— Ah, vous souhaitez essayer mon couvre-chef ? Très bien ! Qu'en dites-vous ? N'est-il pas seyant ?

Il plaça le haut-de-forme de soie noire sur la petite tête blonde. L'enfant fit la moue, provoquant ainsi les rires de ses deux spectateurs.

Prenant son courage à deux mains, Amy commença :

— Mr Clenneth, je dois vous dire quelque chose.

— Je vous en prie, miss Rosebury. Ne dites rien. Cela n'en vaut pas la peine.

— Que voulez-vous dire ? Comment pouvez-vous déjà tout savoir ?

— Je suis un peu lâche, miss Rosebury : je ne suis pas sûr de vouloir *tout* savoir.

Amy le regardait, interdite. À quoi pouvait-il bien faire référence ? Elle continua, afin d'en avoir le cœur net :

— Ne voulez-vous pas savoir qui poursuivait Edward ?

Henry resta stupéfait. Il avait cru qu'Amy tentait d'expliquer son silence.

La jeune femme lui relata sa rencontre avec Martin Crimbe. Elle insista sur sa crainte qu'il n'ait pas cru au décès d'Edward en France.

— Connaît-il aussi votre nom ? s'inquiéta Henry.

— Hélas, j'en ai bien peur.

— Alors vous êtes en danger ! s'alarma-t-il en lui attrapant la main.

Amy s'étonna de ce geste inattendu, mais ne le repoussa pas.

— Vous également, monsieur. Et toute votre famille ! Je rougis de la sottise de Catherine ! Elle ne pensait sûrement pas à mal mais le fait est qu'elle vous a livrés en pâture. Ne lui en tenez pas rigueur.

— Laissons de côté Catherine. Grâce à Dieu, vous êtes rentrée en Angleterre. Il aurait pu vous faire du mal. Je n'aurais pas cru pouvoir bénir cette rébellion.

— Je serais revenue vous prévenir avec ou sans rébellion, avoua-t-elle dans un murmure.

Un sourire de gratitude illumina un instant le visage de Henry, pour s'évanouir aussitôt, chassé par une ombre.

Il toussota et attendit quelques instants avant de reprendre la parole.

— Miss Rosebury, je vais envoyer un homme élucider cette histoire de trésor. Il faut comprendre pourquoi cet inconnu se livre à une telle traque. Rappelez-moi son nom.

— Martin Crimbe.

— Je ne me souviens pas qu'Edward ait parlé de lui.

— Moi non plus.

Amy lui décrivit l'horrible personnage en détail.

— Il me faut également prévenir Mr Elias le plus rapidement possible.

Elle acquiesça.

De nouveau, Henry s'éclaircit la gorge. Il cueillit un brin d'herbe qu'il déchiqueta nerveusement pendant quelques secondes avant de relever la tête et de s'adresser de nouveau à Amy, qui l'avait regardé faire d'un air interloqué.

— Miss Rosebury, je sais que cette requête vous paraîtra déplacée, surtout au regard des circonstances. Cependant me permettez-vous de vous offrir ma protection ? Même si j'engage des hommes à la recherche de Martin Crimbe, je préférerais pouvoir garder un œil sur vous tant qu'ils ne l'auront pas retrouvé.

Amy était totalement perdue. Comment expliquer les contradictions de Mr Clenneth ? Alors qu'il n'avait jamais répondu à ses lettres, il lui prouvait une fois de plus à quel point sa sécurité lui tenait à cœur. Il l'appréciait… sans pour autant vraiment le lui dire. Diantre, qui avait osé dire que les femmes étaient plus complexes que les hommes ?

Henry continuait d'exposer sa proposition :

— En attendant que nous tirions cette affaire au clair, nous ne pouvons rester à Bath, nous mettrions votre famille en difficulté. Londres n'est pas recommandé non plus. Ne parlons pas de Dorrel. Il faut trouver un endroit neutre, qui n'ait de lien ni avec votre nom, ni le mien, ni même celui d'Elias… Mais oui ! Je crois que j'ai une solution. Margaret, George, moi-même et quelques amis sommes invités à résider quelque temps chez Mr Nathaniel Matheson, un ami de Margaret. Il possède un château à une soixantaine de miles de Cheltenham. Le manoir de Stokesay Castle. La bâtisse date du XIIIe siècle et est pratiquement inutilisée depuis des décennies. Personne n'ira nous y chercher. À vrai dire, Margaret doit déjà être en route. Si nous ne tardons pas, nous devrions pouvoir la rejoindre à Cheltenham d'ici la fin de la semaine.

— Merveilleuse idée ! Un château médiéval ! De surcroît inhabité. Cela nous permettra certainement de nous sentir rassurés, répliqua Amy avec ironie.

— Je crains, hélas, de ne pas avoir d'autre solution, rétorqua sèchement Henry.

— Je suis navrée, je ne voulais pas vous blesser ! Je vous suis vraiment reconnaissante, monsieur.

Henry Clenneth garda le silence et, se relevant brusquement, prit congé, laissant Amy pantoise. Où était passé son sens de l'humour ?

CHAPITRE 7

Qui cherche des difficultés en trouve toujours – proverbe anglais

Le petit William tombant de sommeil, Amy le ramena à sa mère. Mrs Rosebury surgit alors dans la nursery.

— Quel homme affable, ce Mr Clenneth ! Amy, il m'a appris que Miss Margaret Clenneth vous invitait à la frontière du Pays de Galles ! Un château du XIIIe siècle ! Comme c'est exaltant ! Allons, vous aurez besoin d'affaires chaudes ! Et nul risque de rébellion là-bas ; même si les habitants du Shropshire sont un peu rustres, au moins ils sont anglais !

Elle disparut aussi vite qu'elle était venue.

— Maman est si enthousiaste envers Henry. J'espère qu'elle n'aspire pas à ce que Catherine l'attrape dans ses filets, chuchota Abigail en basculant le berceau de son fils pour l'endormir.

— Hier encore, Catherine ne connaissait pas Mr Clenneth. Vous pensez vraiment qu'elle s'intéresse à lui ? demanda naïvement Amy.

— Amy ! Ne faites pas l'idiote ! Vous l'avez aussi bien vu que moi !

— Vous croyez donc que Mr Clenneth ne faillira jamais à son serment ? sourit Amy.

— Je ne saurais vous répondre. Après tout, je suppose que c'est un homme raisonnable qui aimerait être heureux. Le jour où une femme le charmera, il saura le montrer. L'homme n'est pas fait pour vivre seul. Mais cette femme ne sera pas Catherine, croyez-moi.

— Comment pouvez-vous prétendre le savoir ? la taquina sa sœur.

— Amy ! Je vais finir par croire que vous êtes devenue aveugle ! L'Irlande vous aurait-elle privée de tout sens d'observation ? Il est évident que la pauvre petite exaspère ce cher Henry.

— Il faut avouer qu'elle sait être quelque peu encombrante, dit Amy. Il est bien dommage qu'elle devienne de plus en plus coquette.

— Je ne sais plus quoi faire pour la corriger. Se comportait-elle ainsi en Irlande ?

— Je la voyais peu. Elle avait constitué un petit groupe d'amis tous aussi mondains les uns que les autres.

— J'ai donc ma réponse !

William-John Bridgestone s'était endormi comme un ange. Abigail contempla son petit chef-d'œuvre un instant, avant d'attirer sa sœur vers la porte de la chambre.

Dans le couloir, l'une des femmes de chambre des Bridgestone, Rebecca, peinait sous le poids d'un gros tas de linge.

— Rebecca, que faites-vous ? l'interrogea Abigail.

— Je range les affaires de Miss Catherine, madame. Comme elle me l'a demandé.

— Quand on parle du loup… murmura Abigail. Miss Catherine est assez grande pour s'occuper elle-même de ses affaires, Rebecca.

— Elle m'a dit que l'ordre venait de vous, madame, paniqua la petite femme de chambre.

— Ah oui ? Je vais arranger cela, Rebecca. Vous pouvez reposer ce tas dans sa chambre.

— Merci madame.

Tandis que Rebecca s'enfuyait, Abigail s'enflamma :

— C'est incroyable ! Elle a pris goût au luxe mais nous avions pourtant convenu qu'elle devait apprendre à tenir ses affaires. Cela fait partie des arts domestiques ! Elle rêve peut-être d'un grand mariage, mais elle sera contente de savoir se débrouiller si elle finit par épouser un petit notaire de campagne ! Je vais la chercher de ce pas !

Une fois que la femme de chambre eut disparu, Amy pénétra dans la chambre de sa sœur cadette qui n'avait visiblement pas pris la peine de vider sa malle. Son regard accrocha un livre de couverture rouge, coincé entre deux jupons. L'étonnement saisit Amy. Catherine voyageait donc avec des livres ! Elle aurait plutôt songé que sa sœur abandonnerait volontiers toute prose pour sauver une de ses précieuses dentelles. Sa curiosité éveillée, Amy s'empara du livre et en déchiffra le dos. *Du Contrat social,* J.-J. Rousseau. Elle écarquilla les yeux. Se pouvait-il que Catherine se soit piquée de philosophie en secret ? Et ce, au point de s'emparer d'un ouvrage appartenant à sa sœur ? Que complotait-elle ?

Amy ouvrit la première page et en caressa l'inscription avec émotion : « Henry Clenneth, avril 1790 ».

Abigail la rejoignit à cet instant-là :

— Introuvable ! Je vous assure qu'elle va m'entendre. La pauvre Rebecca a déjà suffisamment de travail depuis la naissance de William-John ! Qu'y a-t-il, Amy ? demanda-t-elle, étonnée de trouver le visage de sa sœur si sérieux. Qu'est-ce ?

— Le *Contrat Social* de Rousseau.

— Est-ce à Catherine ? Je ne crois pas l'avoir jamais vue avec un livre ! Quant à se passionner pour Rousseau…

— Non, il est à moi. Mr Clenneth me l'a offert il y a longtemps.

— Henry ?

L'effarement d'Abigail s'accrut.

— Mais que faisait ce livre chez Catherine ?

— Je n'en ai pas la moindre idée. Je pensais l'avoir perdu en Irlande. Peut-être nous sommes nous trompées au sujet de Catherine. Peut-être qu'elle s'intéresse au monde, après tout.

Abigail se prit la tête dans les mains et délivra lentement sa propre interprétation :

— Ou bien… peut-être que nous avons sous-estimé sa jalousie.

— Sa jalousie ?

Amy savait bien que Catherine avait toujours envié ses sœurs. Déjà très jeune, elle ne supportait pas d'être la cadette, confinée au salon lorsque seules les aînées étaient invitées à une réception. Et maintenant qu'Abigail l'avait éclairée cela lui semblait tellement évident :

— Seigneur, elle a sûrement vu l'inscription. Pourtant elle ne m'a jamais fait la moindre remarque. Elle agissait comme si Henry n'existait pas. Sauf… une fois… près de Bere Island.

Amy s'interrompit net, assaillie par le doute. Et si ce n'était pas Abigail qui avait parlé d'Edward à Catherine ? Elle fouilla la malle de sa sœur. Le souffle de la jeune femme se coupa. Là, entre deux chemises se trouvait une pile de lettres retenues par un ruban. Amy en dénoua prestement le lien. Toutes les enveloppes lui étaient adressées. Toutes étaient décachetées. Et chaque cachet portait l'emblème des Clènneth.

Lentement, très lentement, elle déplia la première lettre.

Dorrel Park, 14 octobre 1797,

Chère miss Rosebury,

Quel soulagement de vous savoir arrivée à bon port. Je vous souhaite de vivre un séjour enchanteur en Irlande. Avez-vous déjà eu l'occasion de rencontrer les êtres merveilleux des légendes celtiques ?

J'espère également que le pays restera stable durant votre séjour. Vous et moi connaissons les dégâts que les idées au service de la violence peuvent engendrer.

Jurez-moi que malgré votre amour pour la liberté, vous ne vous engagerez pas aux côtés des Defenders !

Amy ne put continuer sa lecture. « *Vous ne vous engagerez pas aux côtés des* Defenders. » Qu'avait dû penser Mr Clenneth lorsqu'elle avait ri de la situation avec aigreur un peu plus tôt ! Sa vue était brouillée par les larmes. Elle laissa éclater ses sanglots.

Abigail vint s'agenouiller aux côtés de sa sœur pour la cajoler, car elle commençait à comprendre ce qui se jouait sous ses yeux.

Amy finit par sécher ses larmes et termina sa lecture.

Si toutefois la situation venait à se dégrader et que votre oncle, votre tante, votre cousine, votre sœur et vous-même, requériez une escorte, je suivrais le premier express que vous nous enverriez.

Vous évoquez les douloureux événements de cet été. Si je puis être d'un quelconque soutien pour surmonter la perte survenue, sachez que je reste votre ami sincère en qui vous pouvez trouver support et confiance, et qui chérit comme vous le souvenir d'Edward. J'ose espérer que vous n'hésiterez pas à vous appuyer sur moi si votre cœur défaille d'avoir à subir tant de peine. Nul doute que l'Irlande vous fera le plus grand bien.

Ma sœur est enchantée de son séjour à Londres. Cependant sa joie est ternie par la santé de notre tante. Nous espérons qu'elle recouvrera vite ses forces.

J'ai récemment fait l'acquisition des Lettres persanes *de Montesquieu. En avez-vous eu vent ? Il s'agit d'une satire de la société française. Si, par hasard, cela vous intéressait et que vous ne pouviez vous le procurer à Cork, je me ferais une joie de vous l'envoyer.*

Transmettez mon bon souvenir et mes respects à votre famille.

Amy tremblait en parcourant les dernières lignes.

— Amy, suis-je en train de rêver ? Toutes ces lettres proviennent-elles bien de Henry Clenneth ?

— Vous ne rêvez pas, Abigail. Je lui avais écrit pour lui annoncer notre arrivée à Cork, puis pour lui transmettre mes condoléances suite au décès de sa tante. Je croyais qu'il n'avait jamais répondu. Durant tout ce temps, c'est elle qui les avait ! enrageait Amy.

Elle fourra le reste des lettres sous les plis de sa robe sans même prendre le temps de les lire et sortit telle une furie de la chambre de Catherine, abandonnant Abigail à sa stupéfaction. Cette dernière comprenait qu'elle avait peut-être fait fausse route en rêvant d'une romance entre Amy et George Elias. Comme elle se sentait stupide ! Amy et Henry Clenneth… quoi de plus naturel ? Elle-même pensait que ce dernier oublierait un jour ses fiançailles rompues et chercherait une épouse. Or, la sage Amy était parfaite pour lui… C'était évident ! Pas étonnant qu'il ait arboré cet air de chien battu durant ces derniers mois.

Amy dévala les escaliers en une poignée de secondes. Elle courut jusqu'à la bibliothèque où son instinct la poussait et ouvrit la porte à la volée. Henry Clenneth se tenait bien là, debout près de la fenêtre. Il s'approcha, alarmé par l'air bouleversé de la jeune femme. Celle-ci, s'avançant en hâte, joignit les mains en signe d'imploration puis se blottit contre lui.

— Pardonnez-moi ! Pardonnez-moi !

Déconcerté, Henry la fit doucement asseoir sur une marquise tapissée d'un canevas de soie rosé. Alors, elle sortit délicatement les lettres du pli de sa robe. Il grimaça.

— Je ne les ai jamais reçues. On ne me les a jamais données, avoua-t-elle, guettant la réaction de Mr Clenneth.

À son regard, elle vit qu'il avait tout de suite compris qui pouvait être l'auteur du détournement du courrier.

— Je comprends mieux votre amertume. Au moins maintenant nous savons pourquoi votre sœur connaissait si bien l'histoire d'Edward. Il lui aura suffi de lire quelques-unes de mes lettres. Je m'étonnais qu'Abigail ait pu lui en parler. Elle approchait de son confinement et sortait déjà peu quand Edward est décédé. Et même si je pense que William a su ce qu'on racontait dans le voisinage, je suis persuadé qu'il a gardé ses soupçons pour lui.

— Oh Henry, je n'aurais jamais cru Catherine capable d'une telle abomination. Je suis sincèrement désolée.

Il soupira et se pencha vers elle un instant pour poser sa main sur la sienne.

— Pas du tout. Ne le soyez pas. Vous n'êtes responsable de rien. Je pensais que vous ne vouliez plus entendre parler de moi. Que mon souvenir était trop associé à celui d'Edward. Et pourtant j'aurais tellement aimé pouvoir vous soutenir car je pouvais imaginer à quel point vous souffriez de perdre ainsi l'être que vous aimiez…

— … L'être que j'aimais ?

Amy fronça les sourcils. Où voulait-il en venir ? Rougissant, ce dernier se fit plus explicite :

— Pardonnez-moi d'être aussi abrupt, mais ayant été le premier témoin de l'inclination qu'Edward et vous vous portiez mutuellement, et me considérant comme l'ami de chacun, j'espérais vous être utile…

— Attendez ! s'inquiéta Amy ouvrant de grands yeux ronds. Vous croyiez donc que, Edward et moi, nous étions… nous étions… amants ?

— Oui… assura Henry.

Puis devant l'air totalement ahuri d'Amy, il demanda :

— Non ?

— Non !

La terre se dérobait une nouvelle fois sous les pieds de Henry Clenneth. Ainsi, toute cette histoire n'était qu'un vaste quiproquo ! Quel gâchis ! Comme il avait été stupide ! Il s'était empêtré lui-même dans ses suppositions. Il avait créé de toutes pièces cette romance peu conventionnelle entre Amy et le fils du palefrenier. Dire que le cœur d'Amy était resté libre tout ce temps ! Et maintenant il était trop tard.

— Quel fou ai-je été ! Et quel dommage que cela arrive si tard, souffla-t-il en portant sa main à son front.

Puis devant le regard interrogateur d'Amy :

— Douce Amy, miss Rosebury, ces lettres ne font que suggérer ce que, en gentleman, je ne pouvais vous avouer par écrit.

— Vous semblez si triste, s'agita Amy en se levant brusquement pour poser à son tour une main sur le bras de Henry.

Il la repoussa doucement et fit quelques pas en arrière.

— La vie nous oblige parfois à prendre des chemins où nous ne nous serions certainement pas engagés si les circonstances ne nous y avaient pas poussés.

— Je vous écoute.

Il hésita un instant, visiblement mal à l'aise. Il se rapprocha un peu puis, semblant se raviser, recula de nouveau vers le même chiffonnier d'angle avec lequel il avait joué le jour où il était venu la trouver dans cette bibliothèque pour lui offrir le *Contrat social* un an plus tôt. Il effleura un instant les boutons de cuivre d'un tiroir puis, se retournant vers Amy et prenant une grande inspiration, lâcha très vite :

— Répondant aux derniers vœux de ma tante qui souhaitait assurer un avenir à la jeune fille, je... je me suis engagé en secret avec Mlle Marie-Clotilde de Crainville.

Cessant de respirer, Amy laissa retomber son bras le long de son corps. Les paroles résonnaient en écho dans ses oreilles. Cette nouvelle était la goutte d'eau qui faisait déborder le vase, comme on disait au village. Durant de longs mois, elle avait tenté de supporter avec bon esprit tous les événements, toutes les émotions. Mais voilà que le pire se concrétisait : il allait en épouser une autre. Elle aurait grandement préféré qu'il s'en tienne à son vœu de célibat.

À cet instant, ses forces se dérobèrent et elle vacilla. Henry se précipita pour lui offrir son bras et l'aider à se rasseoir.

— Dois-je aller chercher Mrs Bridgestone ? Souhaitez-vous un verre d'eau ? s'empressa-t-il.

— Je vous remercie, non. Henry… Mr Clenneth. Votre secret est en sécurité. J'espère de toute mon âme que vous et Mlle de Crainville trouverez le bonheur. Vous le méritez, tous les deux.

Henry acquiesça sans grande conviction. Amy était décidément parfaite. Même si la nouvelle lui avait manifestement porté un coup, elle gardait contenance à merveille.

— Amy, la promesse qui me lie à présent limite ma propension à une expression plus… libre.

Ainsi, il lui avouait à demi-mot son inclination. Toutefois, Amy craignait le pire, si elle l'encourageait ne serait-ce qu'un instant. Elle coupa court à toute tentative :

— Mr Clenneth, nous resterons donc bons amis ? Nous continuerons à disserter ensemble ? Vous me le promettez ?

Il s'approcha tout près d'elle, si bien qu'elle remarqua de nouvelles petites rides d'expression autour de ses yeux qui éveillaient l'intensité de son regard. Lentement, il lui prit la main et, serrant délicatement ses doigts fins, les porta à ses lèvres en murmurant :

— Miss Amy, soyez assurée de mon amitié éternelle.

Amy s'isola dans sa chambre tout le reste de l'après-midi afin de chercher l'apaisement dans la lecture d'autres missives de Mr Clenneth sans être dérangée. Dans l'une, Henry s'inquiétait avec humour qu'Amy n'ait été enlevée par quelques lutins maléfiques et s'enquérait de son séjour. Dans une autre, il demandait si l'acheminement du courrier connaissait des difficultés en Irlande. Dans l'avant-dernière, il annonçait être au chevet de sa tante.

Chère miss Rosebury,

Ma sœur me presse de prendre de vos nouvelles. Nous espérons que l'air irlandais sied à toute votre famille. Margaret aurait souhaité vous écrire elle-même mais son poignet ne le lui permet guère. En effet, lors d'une soirée à Londres, elle a malencontreusement glissé. Fort heureusement, elle a été prestement secourue par un ami, Mr Nathaniel Matheson, si bien que le seul dégât à déplorer est un poignet foulé.

Nous sommes actuellement à Londres car notre tante, Mrs Clenneth, est au plus mal. Aussi nous permettons-nous de la confier à vos prières familiales.

Miss Rosebury, laissez-moi conclure en avouant que je comprendrais fort bien que vous ne souhaitiez plus recevoir de lettres de ma part. J'ai bien conscience que notre souvenir est associé à un épisode douloureux de votre mémoire. C'est pourquoi si vous le désirez, à l'avenir, je respecterai votre silence, et ne vous importunerai plus.

Les larmes roulaient le long des joues pâles d'Amy. Comme c'était injuste ! Chaque mot couché le long de ces feuilles exprimait l'attachement de Henry.

Elle pouvait ressentir sa douleur entre chaque ligne. Elle rageait de savoir qu'une seule réponse chaleureuse aurait sans doute empêché Henry de se soumettre aux volontés de sa tante. Pourrait-elle pardonner à Catherine son geste ignoble ?

Elle déplia enfin la dernière lettre, datée de janvier 1798.

Chère miss Rosebury,

Nous vous remercions de tout cœur pour vos aimables condoléances. Nous trouvons notre réconfort en soutenant de notre mieux Mlle Marie-Clotilde Praslin de Crainville. En effet nous craignons que cette nouvelle perte ne lui soit dévastatrice. Nous nous sommes juré de lui assurer notre protection.

Habile remarque pour faire comprendre à Amy que désormais il faudrait tenir compte de la petite aristocrate.

D'autre part, je prends note de votre silence sur mes précédents courriers. Soyez néanmoins assurée de notre amitié et de nos meilleurs vœux pour cette nouvelle année. Un nouveau départ…

Bien à vous,
Henry Clenneth

Qu'avait-il dû penser d'elle ? Et maintenant tout était perdu ! Ruminant ses sombres pensées, Amy s'installa à la fenêtre afin de suivre la course des nuages. Elle perdit toute notion du temps. Soudain elle fut tirée de sa torpeur. On tambourinait à sa porte. Lentement, elle déverrouilla la serrure.

Catherine, rouge de colère, les yeux exorbités, entra comme une furie, renversant au passage la bassinoire en cuivre qu'on utilisait pour réchauffer les lits et qui était posée contre la cheminée.

— Vous avez fouillé dans mes affaires, rugit-elle.

Amy resta étrangement calme. Plus rien ne lui importait.

— J'ai récupéré mes biens. Rien de plus, rien de moins.

— Oh oui, votre correspondance avec Henry Clenneth. Sans oublier le *Contrat social*, son précieux petit cadeau ! Maman vient de m'apprendre que vous partiez avec lui dans un château.

— Miss Margaret m'a invitée.

— Sûrement pour que vous et Mr Clenneth puissiez parler un peu plus d'Edward Cole, n'est-ce pas ? Qui était cet homme ? Votre amant ? Les lettres semblent prouver que vous y étiez très attachée. Est-ce cela, Amy ? Nous avez-vous déshonorés ? Vous vous pavanez derrière un masque de donneuse de leçons mais, en réalité, vous êtes une dévergondée ! Croyez-vous vraiment que Mr Clenneth puisse s'intéresser à vous ?

— Est-ce pour cela que vous avez intercepté ses lettres ? répondit Amy en tâchant de rester placide.

Catherine était ulcérée. Elle gesticulait dans la chambre et semblait devenir incontrôlable.

— Bien sûr ! Il fallait qu'il se rende compte que vous n'en valiez pas la peine. Il ne vous aime pas.

— C'est vrai.

Catherine resta un instant désarçonnée. Amy reprit alors :

— Mr Clenneth n'est plus capable d'aimer une femme. Il a juré de ne jamais se marier. Vous le savez très bien.

— Je vous déteste, Amy. Ne vous moquez pas de moi. C'est toujours vous qui obtenez les faveurs de tout le monde : la cousine Lisa, oncle et tante Lennox, Mr Elias, notre beau-frère, et maintenant, Mr Clenneth et sa sœur ! Même Abigail et nos parents vous préfèrent à moi ! hurlait-elle, hystérique.

— Catherine ! C'est faux ! C'est ridicule ! Papa et Maman vous aiment autant que moi !

— Et ils m'aimeront d'autant plus quand je leur raconterai ce que je sais sur vos histoires avec Edward Cole et Henry Clenneth, persifla sa petite sœur.

— Votre jalousie vous aveugle, Catherine, fit Amy au désespoir.

Il fallait à tout prix parvenir à dissuader Catherine et éviter que l'histoire d'Edward s'ébruite.

— Ah oui ? Voyez-vous, je vois clair dans votre jeu Amy ! Pourquoi Papa vous aurait-il envoyée si longtemps en Irlande s'il n'avait pas eu peur que vous vous soyez mal comportée avec cet Edward Cole !

— Cela suffit Catherine, intima Amy.

— Non… En plus, il ne pouvait vous y envoyer seule. Vous m'avez privée de toute vie mondaine pendant des mois, Amy ! Tout ça pour votre idylle avec ce macchabée d'Edward Cole !

La porte s'ouvrit dans un grand fracas. Henry Clenneth s'engouffra dans la chambre avec une brutalité qui lui était totalement inhabituelle.

— Pardonnez-moi, j'ai tout entendu !

Il saisit fermement Catherine par le bras. Son ton devint menaçant tandis qu'il plongea son regard noir de colère dans les yeux de la petite dernière des Rosebury.

— Miss Catherine, permettez-moi un petit conseil. N'évoquez plus jamais le nom d'Edward Cole. Plus jamais. Cet homme a été assassiné. Et si vous ne souhaitez pas subir le même sort, je vous suggérerai de l'oublier.

Catherine glapit. Visiblement, elle préférait de loin la version de l'amant déchu plutôt que celle d'un assassinat.

— J'ajouterai, miss Catherine, que si j'apprends que vous avez, une nouvelle fois, osé hausser le ton en parlant à votre sœur, je prendrai moi-même les dispositions qui vous feront passer l'envie de recommencer. Il est temps de grandir, miss Catherine !

Catherine lui jeta un regard de défi et, sans s'être calmée, se dégagea avant de quitter la pièce d'un pas énervé, non sans décocher un coup de pied à la bassinoire qui traînait sur la moquette. Elle se heurta à William Bridgestone, qui resta muet de stupeur dans le couloir.

Bien que William n'ait pas entendu l'objet de la dispute, les hurlements qu'il avait perçus l'avaient profondément bouleversé. Il prit la chose très à cœur et alla trouver sur-le-champ ses beaux-parents afin de leur relater le caprice de Catherine. Celle-ci fut convoquée dans le salon de ses parents. Nul ne sut ce qui fut dit pendant cette longue heure de conversation. Sans doute, Mr et Mrs Rosebury dépensèrent-ils toute leur énergie à rassurer leur fille. Quelle peine pour des parents de voir leur enfant se sentir délaissé, mal-aimé alors qu'il représente tout à leurs yeux ! Sans doute aussi décidèrent-ils de prendre des mesures radicales afin de la remettre pour de bon dans le droit chemin. Catherine ne s'éloignerait plus d'eux avant de longs mois.

À l'issue de leur entretien avec leur cadette, ils firent venir Amy et ils parvinrent à leur faire échanger quelques mots d'excuse. Mais le mal était fait, cette dispute semblait avoir sonné le glas des relations entre leurs filles. Il fallait espérer que le temps aplanirait les choses.

Le thé se déroula dans une ambiance étrange. Tout le monde cherchait à faire des efforts pour paraître gai et détendu, comme pour gommer les blessures de ces dernières heures. Et, pourtant, personne ne semblait vraiment croire à cette illusion de sérénité.

Encore sous le choc, Amy observait avec mélancolie Henry Clenneth couvrir sa mère d'attentions. Cette dernière, dont les nerfs avaient déjà été fragilisés par le départ de Robert, semblait particulièrement affectée par l'entretien avec Catherine, et Amy était soulagée de constater le soutien que lui apportait le jeune homme. Plusieurs fois, sa mère lui avait confié qu'il lui avait été d'un grand secours, se montrant toujours attentif et délicat à son endroit – notamment lors de la crise irlandaise qui lui avait causé bien des peurs. Elle avait même comparé ses manières à celles de son gendre, Mr Bridgestone – un compliment sans équivoque. Devant cette scène, Amy éprouva une reconnaissance immense envers l'homme qui avait su gagner le respect de sa mère, et prendre sa propre défense face à Catherine.

Abandonnant quelques minutes Mrs Rosebury, Henry se mit également à jouer avec le petit William, plongeant Amy dans un abîme de tendre désespoir. Abigail et William avaient-ils seulement conscience de leur chance ? Eux qui s'étaient mariés en quelques semaines, qui avaient eu un enfant merveilleux et joyeux ? C'était avec Mlle de Crainville que Henry aurait des enfants. Elle se souvenait de la réaction qu'elle avait eue en apprenant qu'il ne se marierait jamais. Elle s'était alors résolue de se contenter de son amitié. Certes, elle ne s'était guère appliquée à cette tâche jusqu'à présent. Désormais, elle n'avait plus le choix.

« Cher Henry », écrivit-elle le soir même d'un geste las, avant de raturer le nom et de recommencer.

Cher Monsieur,

Après l'orage qui s'est abattu aujourd'hui sur la maison de ma sœur, après que mon cœur a été réduit en cendres par cette terrible supercherie et les conséquences qui en découlent, je peine à trouver les mots pour vous écrire car je crains d'y perdre le peu d'ardeur qu'il me reste.

Cette lettre est un Adieu – symbolique, certes, mais réel.

Dans quelques heures, nous partirons ensemble vers Stokesay. Mais l'Amy Rosebury qui voyagera à vos côtés ne sera plus la même.

L'Amy Rosebury que vous avez connue dans le salon d'Abigail, il y a plus d'une année, n'existe plus. Elle ne le peut plus.

Cette Amy se sentait liée à vous. Cette Amy n'a jamais vraiment cessé d'espérer.

Il ne peut plus en être ainsi. Voici venir le temps de la nouvelle Amy, votre amie sincère et dévouée, qui se contentera d'être heureuse et honorée de votre amitié.

Comme l'ancienne Amy, cette nouvelle Amy ne souhaite que votre bonheur…

Une larme s'écrasa sur cette dernière phrase, étalant l'encre noire en une tache épaisse.

CHAPITRE 8

SI ON NE VOIT PAS
LA FRANCE DEPUIS LE RIVAGE,
C'EST QU'IL PLEUT ; SI ON LA VOIT,
C'EST QU'IL VA PLEUVOIR –
PROVERBE ANGLAIS

Henry et Amy se mirent en route de très bonne heure le surlendemain. Ils espéraient arriver à Cheltenham avant la nuit.

Malgré le danger que représentait Martin Crimbe, un passage par Dorrel Park était nécessaire pour rejoindre Margaret et poursuivre ensemble le voyage vers le Shropshire. Henry souhaitait également se munir de ses armes et des affaires qui pourraient être utiles à leur sécurité si jamais le Français était effectivement à leurs trousses.

Amy et lui n'eurent guère l'occasion d'échanger pendant le trajet vers le Gloucestershire. En effet, pendant que Henry chevauchait Honey à la lisière des champs, Amy voyageait dans la voiture des Clenneth, une barouche flambant neuve portant leurs armes.

En observant son compagnon trotter à ses côtés, elle se remémorait leur cavalcade nocturne entre Crawfield, la demeure de Mr Elias, et Dorrel, quelques mois plus tôt. Cette nuit-là, Edward avait déjoué la mort. Cette nuit-là, Amy avait eu la confirmation que Henry Clenneth n'était pas un homme comme les autres.

La suite du voyage lui laissa peu le loisir de s'épancher sur ses souvenirs car, ayant fait une halte à Yate où les attendaient d'autres convives, elle fit la connaissance de Miss Matheson, la cousine de leur hôte, et de sa femme de chambre. Amy regretta bien vite de ne pouvoir prendre la place d'Henry et chevaucher à l'air libre car, non seulement Miss Matheson, qui avait peur pour son teint, demanda qu'on abaisse la capote de cuir de la barouche, mais en plus, elle se montra intarissable au sujet de Mlle de Crainville. Elle avait rencontré la jeune Française durant l'hiver à Londres et la trouvait incroyablement élégante, distinguée et raffinée. Tant de compliments vis-à-vis de la fiancée de Henry eurent le don d'agacer au plus haut point Amy. L'atmosphère de la calèche n'alla pas en s'arrangeant quand, ayant découvert qu'Amy avait récemment séjourné en Irlande, Miss Matheson s'exclama :

— En Irlande ! Ma pauvre miss Rosebury ! Comment avez-vous survécu parmi ces sauvages ! On dit qu'ils vivent à même la terre battue !

— Comme malheureusement nombre de nos compatriotes que nous laissons vivre dans des bouges, ne put alors s'empêcher de rétorquer Amy, sentant sa patience s'éroder rapidement.

À la fin de la journée, elle vit avec soulagement se dessiner les tours de Dorrel Park. Et c'est avec beaucoup d'émotion qu'elle franchit le seuil du hall quelques minutes plus tard.

Margaret l'accueillit avec joie, comme si elles s'étaient quittées la veille.

— Ma chère miss Amy, quelle ne fut pas ma joie quand j'ai reçu le pli de Henry m'enjoignant de vous faire préparer une chambre ! Je me réjouis de vous retrouver saine et sauve après vos mésaventures irlandaises. Suivez-moi, je sais combien les cahots de cette mauvaise route sont éreintants. Venez vous reposer…

Pendant que les dames se détendaient dans le boudoir de Margaret, Henry prit soin de s'enquérir discrètement auprès de son régisseur s'il avait remarqué quelque chose d'inhabituel. Soulagé par la réponse, il put constater que tout était calme.

Au matin, descendant prendre le petit déjeuner le cœur ragaillardi par une bonne nuit de sommeil dans ces lieux familiers, Amy surprit Henry et sa sœur en plein conciliabule.

— Miss Amy, s'exclama Margaret pendant que Henry se levait de table pour saluer sa convive. Henry et moi étions en train de finaliser les arrangements pour notre voyage. Henry considérait l'éventualité d'atteler Honey à son gig personnel. Pour ma part, je ne me sens pas l'âme assez aventureuse pour occuper un attelage si instable. De plus, il y a bien longtemps que je n'ai pas pu profiter de cette chère Miss Matheson. Verriez-vous un inconvénient à tenir compagnie à Henry ?

— Pas le moins du monde, répondit Amy avant de croquer avec délice dans un toast savoureux. Je serais trop triste de vous priver de la compagnie de Miss Matheson, chère Margaret.

— C'est bien ce que je pensais, fit Margaret avec un regard espiègle. Et nul doute que le bon air vous siéra mieux que la barouche, ajouta-t-elle non sans sous-entendu.

— Et de votre côté, je suis sûre que vous trouverez le babillage de Miss Matheson tout à fait instructif, la taquina son amie.

— N'ayez crainte, Amy ! D'autant que j'ai prévu une armée de livres pour ce voyage. « Miss Clenneth, pensez-vous vraiment attirer un mari avec tant de littérature ? » minauda-t-elle en singeant la voix perchée de Miss Matheson.

L'imitation était si parfaite et si inattendue de la part de Margaret qu'Amy manqua de s'étouffer en pouffant tandis que Henry riait de bon cœur.

Lorsque les voitures furent annoncées, et que Miss Matheson eut pris place à l'intérieur de la calèche dûment capotée, Amy entendit Henry Clenneth glisser à sa sœur :

— Partez devant, Margaret, nous vous rejoindrons ce soir à l'auberge de Worcester. J'ai encore quelques détails à régler ici.

Puis, une fois la voiture engagée dans l'allée, il se tourna vers Amy :

— Miss Rosebury, que diriez-vous d'aller rendre visite à Edward ?

Ils prirent le temps de se recueillir sur la tombe de leur ami et Amy voulut compléter le pèlerinage en retournant dans le souterrain. Presque une année s'était écoulée mais tout était resté en l'état : l'odeur humide de la grotte, la fraîcheur de l'air… Mais Edward était parti, et Henry et elle avaient mûri. Elle caressa en souriant le dernier livre lu par Edward. Elle se souvint de la chaleur de sa voix, de ses intonations passionnées lorsqu'il discourait sur le système politique idéal. Elle le revit, calme et serein, reposant enfin. Elle se remémora l'étreinte de Henry et ses pleurs silencieux.

Ce dernier ne disait rien. Il restait debout près de la couche, lui aussi plongé dans ses souvenirs.

Ils avaient convenu de faire le moins de haltes possible pour rattraper leur retard sur Margaret et Miss Matheson. La voiture légère filait. Ils étaient déjà dans la campagne du Worcestershire vers la fin d'après-midi. Tenant à éviter les grandes routes, Henry s'engagea sur un petit chemin rocailleux passant au travers des collines de Malvern.

Brusquement, il y eut une violente secousse. La voiture perdit une roue et se renversa dans la bruyère. Libéré de son harnais, Honey, apeuré, s'enfuit.

— Amy, hurla Henry en se dégageant.

— Je vais bien, répondit-elle, un peu sonnée Rassurez-vous. Cet accident a provoqué plus de peur que de mal.

Il l'aida à s'extirper de l'attelage. Tous deux purent apprécier la chance qu'ils avaient de s'en sortir vivants. La voiture était en piètre état : la deuxième roue était tordue, la capote de cuir s'était entièrement déchirée. Même avec Honey, il était peu probable qu'elle puisse encore rouler.

Ils entreprirent tout de même de la remettre d'aplomb.

Tout à leur effort, ils n'avaient pas entendu le bruit de pas s'approchant sur le chemin.

— On dirait qu'on a des problèmes !

Le sang d'Amy se glaça car elle aurait reconnu cette voix entre toutes.

— Vous n'êtes pas faciles à suivre, mes jolis.

Amy constata avec horreur que Martin Crimbe pointait son arme à feu dans le dos de Henry.

— Peut-être serez-vous plus coopératifs, maintenant.

La réponse de Henry ne se fit pas attendre. Il décocha un violent coup de coude dans l'estomac du Français puis, en un tour de main, immobilisa son bras tatoué. Le coup de feu partit en l'air, effrayant les oiseaux des alentours.

Amy, reprenant ses esprits, cherchait désespérément les armes de Henry dans la bruyère. Pour leur malheur, le baluchon avait dû dégringoler le long de la colline pendant l'accident, comme la plupart de leurs affaires. Il fallait pourtant tenter quelque chose pour éloigner cette brute ! Elle se saisit d'un vestige de la voiture, une planche cloutée qui gisait dans l'herbe. Réunissant toutes ses forces, elle asséna un grand coup sur l'épaule de Crimbe. Comme escompté, il lâcha le pistolet qui atterrit à plusieurs mètres de la scène. Henry Clenneth lui balança un coup de poing. La riposte l'envoya inconscient à terre pendant quelques secondes. Alors, Crimbe en profita pour dégainer son poignard. Affolée, Amy se jeta de tout son corps sur lui.

— Vipère, rugit-il. Laisse-moi ! Je m'occuperai de toi plus tard !

Elle ne faisait pas le poids contre ce colosse qui avait sûrement appris à se faire les poings dans les tavernes. Il la repoussa violemment et elle heurta le sol. Ses efforts pour se relever furent vains, tant sa cheville la faisait souffrir.

— Amy !

Henry avait repris connaissance et tenait de nouveau tête à Crimbe. Amy le rassura d'un hochement de tête, tandis que Crimbe lacérait l'air avec la lame de son poignard.

— Que sais-tu à propos du trésor ? Je te garantis que tu vas me le dire, Clenneth. Tu crois que je ne me doute pas qu'Edward Cole t'a tout raconté avant de crever dans ton souterrain ?

Henry esquivait les coups avec l'agilité d'une fine lame pendant qu'Amy tentait de se traîner vers l'endroit où gisait le pistolet.

— Quelle que soit l'issue de ce combat, tu perds, Clenneth. Si tu meurs, ta charmante amie souffrira tellement qu'elle me dira tout ce qu'elle sait. Si je meurs, Firmin vous retrouvera et vous brisera les os un par un.

Firmin ? Qui était-ce encore ?

Ce moment d'inattention desservit Henry. Crimbe l'avait touché au bras. Dans un dernier effort, le jeune homme se jeta sur le Français. Ils roulèrent le long du flanc de la colline.

— Henry ! hurla Amy, impuissante. Henry !

Elle entendit un grand bruit sourd.

— Henry !

Seul le silence lui répondit. Elle réussit enfin à attraper le pistolet et se recroquevilla, prostrée sur elle-même pendant de longues minutes.

— Je suis là. Je suis là, Amy.

Les boucles brunes émergèrent du dénivelé. Il vint enlacer la jeune femme qui tremblait.

— Là, là ! Calmez-vous. Vous ne craignez plus rien. Il est mort. Calmez-vous, chuchotait-il en couvrant ses cheveux blonds de légers baisers.

Tous deux restèrent ainsi de longs instants avant de reprendre pied dans la réalité. L'air soucieux, Henry relâcha son étreinte pour inspecter la cheville de la jeune femme :

— Hum, cela pourrait être pire. Mais vous ne devez surtout pas essayer de marcher.

— Comment allons-nous faire ? Nous ne pouvons pas rester ici, et sans cheval…

— Nous allons passer la nuit ici, et demain nous aviserons. Demain est un autre jour.

— Henry, votre bras ! s'affola la jeune femme en constatant que le costume de son compagnon était maculé de taches brunes.

La blessure n'était que superficielle. Henry s'empressa donc de repêcher leurs affaires sur le bord de la colline parmi lesquelles il trouverait un onguent qu'Amy pourrait appliquer sur la plaie afin qu'elle ne s'infecte pas.

Il s'appliqua diligemment à sa tâche, puis consentit à confier son bras aux soins de la jeune fille. Amy cherchait désespérément une diversion aux yeux verts intenses qui la captivaient.

— Vous savez, fit-elle remarquer, afin de nous éviter tout désagrément, nous pourrions déguiser sa mort en accident. Il suffirait de faire basculer le gig dans la pente. Il faudrait également effacer les traces de lutte et cacher tous les effets personnels que nous ne pourrions emmener. Si cela commence à jaser dans le voisinage, on conviendra bien vite qu'il devait s'agir d'un vol de voiture qui aurait mal tourné.

— Devrais-je vous surnommer Agrippine ? demanda Henry, aussi amusé qu'admiratif.

— Quelle idée flatteuse, une impératrice empoisonneuse !

— Cela vous sied à merveille !

Amy rougit, ce qui sembla amuser grandement son compagnon.

— D'autant que les gigs sont connus pour être particulièrement dangereux. J'entends souvent parler de jeunes conducteurs imprudents renversés dans le fossé, fit-elle en changeant de sujet.

— On croirait entendre Margaret.

— Ah, les hommes et leurs cabriolets !

Henry se contenta de sourire.

— Pensez-vous que nous puissions utiliser le cheval de Crimbe ? reprit-elle.

— Non, il risquerait de nous trahir.

— Donc… vous comptez réellement passer la nuit ici.

— Oui. Cela ne doit pas être trop difficile de trouver un lieu où nous pourrons nous cacher. En revanche, nous ne savons pas si ce Firmin dont Crimbe parlait tout à l'heure se promène aussi dans les parages.

— Qui croyez-vous qu'il soit ?

— Aucune idée. Un de la bande, sans aucun doute.

— Martin… Firmin… Cela sonne pareil. Ils sont peut-être frères.

— Peut-être. En tout cas, ne tenant pas à résoudre cette question cette nuit, je suggère d'éviter de faire du feu. Cela ne devrait pas être trop inconfortable en cette saison : le temps est clément. Nous avons des couvertures, du pain et de la limonade. Que demander de plus ?

— Rappelez-moi de ne plus passer autant de temps en votre compagnie. Il m'arrive bien trop d'aventures.

La nuit tombait déjà. Il leur fallait mettre le plan à exécution.

Un tendre sourire illumina le visage de Henry lorsqu'il reconnut le livre rouge qu'Amy sauva de son sac de voyage. Elle en tira également quelques linges et son précieux coffret secret. De son côté, Henry sélectionna également quelques affaires dont les fameuses *Lettres persanes.* Il mit les vivres de côté. Enfin ils réunirent tout ce qu'ils allaient laisser et les enfouirent dans la terre.

Henry avait trouvé une large roche creuse qui les abriterait du vent et des éventuelles pluies nocturnes.

Il avait tapissé le sol de mousse et y avait rapporté victuailles et couvertures. Ils dînèrent d'une miche de pain, de pommes et de limonade.

Cette situation leur rappelait leur séjour dans le souterrain, même si la réserve qu'ils éprouvaient à l'époque l'un envers l'autre s'était envolée. Bien qu'aucun d'eux n'ait oublié Mlle de Crainville, cette dernière leur semblait bien loin, et comme la société n'était pas là pour les juger, ils discutèrent à bâtons rompus épaule contre épaule. Ils parlèrent d'Edward, de Catherine, des Bridgestone, de Mr Elias, de Meg.

— Savez-vous que Meg s'est prise de passion pour le théâtre pendant votre absence ? dit Henry.

— Margaret ? Il ne lui suffit donc pas de savoir chanter, danser, jouer du piano et dessiner à la perfection ! répondit Amy avec admiration.

— Il faut croire que non ! Bien sûr, il lui fallait des complices. Je dois avouer qu'elle me trouvait plutôt morose et qu'elle m'a laissé assez libre de participer. Le pauvre George, en revanche, lui a servi de cobaye pendant des heures.

— Et je parie qu'il a supporté cela avec une patience d'ange.

— Bien sûr, c'est George.

— Mr Elias ferait n'importe quoi pour Margaret ou vous.

— C'est un ami hors du commun, acquiesça Henry.

Puis ils s'employèrent à refaire le monde et finirent par lancer mille et une hypothèses sur le fameux trésor et sur l'identité de Firmin.

Le froid tomba avec la nuit noire et Amy se mit à frissonner. Henry l'aida à s'envelopper dans une couverture.

— Essayez de dormir un peu, conseilla-t-il en écartant d'un geste tendre une boucle du front de la jeune femme. Demain sera une longue journée.

Elle s'allongea tant bien que mal sur la mousse, prenant soin de laisser sa jambe blessée étendue. Mais sa tête heurta durement la paroi rugueuse de la roche.

— Aïe, fit-elle, se rasseyant subitement et en se frottant la tête.

Henry sourit et, l'enlaçant d'un bras, l'attira contre son cœur.

— À circonstances exceptionnelles, tenta-t-il de justifier.

Malgré cet affront à toute règle de bienséance, Amy ne protesta pas et, délicieusement sereine, elle se laissa bercer par les battements réguliers du cœur de son compagnon.

Les rayons du soleil la réveillèrent. Levant la tête, elle surprit le regard admiratif de Henry que les reflets d'or sur ses cheveux émerveillaient. Tout à coup gênée, elle se dégagea de ses bras et demanda :

— Vous n'avez pas dormi ?

— Si, un peu, en quelque sorte. Puis-je vous servir le petit déjeuner…

Un bruit de sabots tout proche l'interrompit. Il fit signe à Amy de garder le silence et, se saisissant de son fusil, il s'avança en direction du chemin. Amy attendit, haletante, à l'affût du moindre son, du moindre coup de feu. Il revint seulement quelques secondes plus tard, l'air tout excité !

— Amy ! Rassurez-vous ! C'est Honey, mon cheval ! Honey est revenu ! Brave bête !

Elle poussa un soupir de soulagement. Le voyage serait moins ardu que prévu !

— Nous sommes sauvés ! Hâtons-nous de déjeuner, il nous faut partir le plus vite possible.

L'étrange équipée fut enfin en mesure de se mettre en route. Henry, montant à cru, tenait Amy dans ses bras. La jeune femme était assise en amazone et portait leurs maigres affaires dans deux petits sacs de toile alors que Henry avait noué ses armes à sa ceinture et accroché par un ingénieux stratagème le reste des victuailles dans son dos. Amy souriait. Son oncle lui avait décrit un jour l'œuvre d'un peintre flamand, Pieter Brueghel. Il avait peint le *Dénombrement de Bethléem*, qui représentait la Vierge Marie enveloppée dans un châle sur son âne, saint Joseph menant la bête à ses côtés. Un tableau qui n'était pas si différent de leur propre trio.

Ils rallièrent le Shropshire en une huitaine d'heures. La nuit était déjà tombée lorsqu'ils arrivèrent. Comment décrire leurs sentiments lorsqu'ils aperçurent enfin les lumières du château de Stokesay ? Soulagés d'être arrivés sains et saufs. Éreintés. Émus de trouver devant eux ces pierres d'un autre âge. Et pourtant, tous deux éprouvaient aussi une certaine réticence à rentrer dans la bâtisse. Il leur faudrait se justifier de leur retard et de leur aventure, adopter les codes de la bonne société. Henry retrouverait sa fiancée. Il leur faudrait se séparer. Les règles de la bienséance ne leur permettraient plus de se tenir si proches. D'autant que ce soir, on célébrait l'anniversaire de Mlle de Crainville.

Amy frémit en pensant qu'elle regrettait déjà le contact de Henry.

Ce furent Margaret et un élégant jeune homme qui les accueillirent en premier.

— Mon Dieu ! Dans quel état êtes-vous ? Que vous est-il arrivé ? J'étais morte d'inquiétude quand je ne vous ai pas vus à l'auberge. J'ai cru que nous nous étions ratés et que vous aviez continué votre route. Imaginez mon désarroi quand je me suis rendu compte que vous n'étiez pas ici ! J'étais si alarmée que George était sur le point de partir à votre recherche.

— Qu'il est doux de vous retrouver, Margaret ! L'histoire est longue, mais nous en parlerons plus tard. Miss Rosebury est exténuée et souffre d'une cheville malencontreusement foulée. Margaret, pourriez-vous lui faire préparer une chambre, je vous prie ?

— Oh, mais tout est prêt, mon cher Mr Clenneth ! s'exclama l'élégant jeune homme. Si vous me permettez, miss Rosebury.

Il aida la jeune fille à descendre de la monture et la soutint une fois à terre. Les présentations furent faites. Ce n'était autre que leur hôte, Mr Matheson, l'ami de Miss Clenneth. Dans un état second, Amy observait distraitement le jeune homme qui la supportait en la menant vers le salon : il était grand et blond, avait des yeux bleu azur, ses traits étaient fins, ses manières impeccables et son air aussi affable que celui de Mr Bridgestone.

— Nous avons grand-hâte que vous nous contiez vos aventures, miss Rosebury. Mais d'abord, vous allez vous restaurer un peu. Cela vous redonnera quelques forces. Miss Clenneth ne tarit pas d'éloges à votre sujet, j'étais impatient de faire votre connaissance !

Mr Elias accourut dans le couloir. Lui venant en aide à son tour, il glissa son bras sous l'autre épaule d'Amy :

— Seigneur, miss Rosebury ! Est-ce votre cheville qui vous fait souffrir ? Me laisserez-vous y jeter un œil, je m'y connais un peu. Il y a ici une pommade qui fait des miracles sur les foulures. Elle a été d'une grande aide pour le poignet de Miss Margaret.

— Oh oui, merci George, renchérit cette dernière. Comme toujours, vous pensez à tout !

Bien que ravie de retrouver ce cher George, Amy ne répondait qu'à demi-mot à toutes ces marques d'attention. Henry, au bras duquel Margaret gazouillait volubilement, n'était guère plus prolixe.

Ils pénétrèrent dans le grand salon orné de tentures médiévales. Plus d'une dizaine d'yeux les dévisagèrent, parmi lesquels Amy reconnut ceux de sa compagne de voyage, Miss Matheson.

Une jeune fille svelte et sophistiquée s'avança à la hâte vers Henry.

— Mon cher Mr Clenneth ! J'espérais qu'il ne vous était pas arrivé malheur, minauda-t-elle d'un ton inquiet. J'ai bien cru que vous ne seriez pas là pour célébrer mon anniversaire.

— N'ayez crainte, mademoiselle de Crainville, nous n'aurions pas raté cet événement, répondit l'intéressé en lui tendant la main pour la saluer.

— Oh très cher, vous n'y songez pas ! Avez-vous seulement prêté attention à l'état de vos mains ! Voyez comme elles sont sales !

Et elle retourna s'asseoir, en agitant vivement son éventail.

— Qui est cette jeune femme ? dit-elle en pointant du doigt Amy.

— Miss Amy Rosebury, répondit Henry en levant les yeux au ciel.

— Charmée, fit Marie-Clotilde d'un petit sourire hypocrite.

— Je le suis également, mademoiselle. Cela faisait fort longtemps que je désirais vous être présentée, répondit courtoisement Amy.

— Cela ne m'étonne guère. Pourquoi les Anglais ne peuvent-ils s'empêcher de me regarder comme une petite bête curieuse ? Ou comme une relique d'un autre âge ?

Sa remarque fut accueillie par un concert de rires bêtes émanant des jeunes hommes. Amy fit semblant de ne pas avoir entendu, et avisant les coupes de champagne qu'ils portaient tous à la main :

— J'ai cru comprendre que c'était votre anniversaire, laissez-moi vous présenter tous mes vœux à cette occasion.

— Je vous remercie. Et maintenant, racontez-nous votre histoire. Elle a intérêt à être intéressante, pour avoir ainsi interrompu ma fête d'anniversaire.

Mr Matheson fit apporter aux deux voyageurs de quoi les sustenter tandis que Mr Clenneth se lançait dans un récit légèrement falsifié de leurs aventures. Il inventa de violents vents qui firent tanguer un moment la voiture, avant que celle-ci ne s'abatte enfin sur un petit chemin de campagne. Dans la chute, Amy s'était foulé la cheville.

— Je vous l'avais dit, Henry, s'agita Margaret. Je vous avais dit que ce gig n'était pas une bonne idée.

— Mais Margaret, Miss Rosebury peut attester que j'ai conduit prudemment. Ce sont les vents qui...

Malgré sa fatigue, les excuses saugrenues de Henry amusèrent Amy. Au fur et à mesure du récit, elle s'employait à acquiescer d'un air grave, tout en dégustant la viande froide qu'on lui avait servie. Elle surprit, toutefois, le regard dubitatif de George Elias. En voilà un qui n'était pas prêt à gober n'importe quoi !

L'histoire achevée, Mlle de Crainville, qui semblait se pâmer d'ennui, s'exclama « Cela me rappelle quand, en France... » et enchaîna sur un récit rocambolesque, qui captiva l'attention de presque tous les messieurs présents. *Que peuvent-ils bien lui trouver ?* se demandait Amy. *À part son titre ?*

Mlle de Crainville n'avait rien de la petite orpheline qu'elle avait imaginée. Elle était très belle, presque trop. Mais sa beauté n'avait rien de naturel. La poudre recouvrait le moindre centimètre carré de son visage. Ses robes tombaient en lourd taffetas sombre, et elle portait de nombreux bijoux. Elle était comme ces jardins français, où rien ne poussait au hasard, où pas une feuille ne dépassait de l'architecture géométrique du paysage. Les jardins anglais, eux, bien que travaillés, inspiraient le naturel d'une végétation sauvage et la légèreté d'un ordre sans mathématiques.

Même sa voix semblait surfaite. Comme ses amis lui apportaient leurs présents, elle poussait de petits cris de contentement en ouvrant les paquets, et en découvrant paires de gants, bijoux et menus objets.

Lorsque la petite Française déballa sous un murmure d'admiration la robe de bal que son fiancé avait fait choisir pour elle par Margaret, Amy tenta de se lever afin de s'approcher de la fenêtre car l'atmosphère de la pièce et la chaleur l'étouffaient. Le sentiment d'écrasement qui la saisit n'en fut que plus fort, et elle vacilla, pour s'évanouir, quelques instants plus tard, rattrapée de justesse par Henry Clenneth, qui ne l'avait pas quittée des yeux.

Si Amy avait pu voir le regard que lui lança Marie-Clotilde Praslin de Crainville quand Mr Clenneth l'emporta dans ses bras vers les étages, ce qu'elle aurait pu y lire ne lui aurait semblé ni plus ni moins qu'une déclaration de guerre qui ne présageait rien de bon.

Aussitôt installé au château, Henry avait tenu conciliabule avec George Elias pour l'informer des derniers développements. Deux hommes avertis en valaient mieux qu'un. Il avait également envoyé un express à son détective afin de lui signifier le décès de Martin Crimbe et lui demander de le prévenir si la moindre information filtrait à propos d'un certain Firmin. Désormais, ils attendaient sa réponse.

CHAPITRE 9

MIEUX VAUT SOUFFRIR D'AVOIR AIMÉ
QUE DE SOUFFRIR DE NE JAMAIS AVOIR AIMÉ
— PROVERBE ANGLAIS

L'entorse d'Amy fut bien vite guérie mais le séjour à Stokesay n'en demeura pas moins une torture. Loin de ses proches, elle se sentait prisonnière de ce vieux château. Comme elle l'avait craint, Henry la délaissait la plupart du temps pour s'acquitter de ses devoirs envers sa fiancée. Elle s'efforçait d'oublier leur escapade sur la colline de Malvern, et les gestes d'affection qu'il avait alors eus envers elle. Elle avait cessé de lui écrire des lettres imaginaires et considérait régulièrement l'éventualité de brûler la boîte en bois qui les renfermait, sans pouvoir s'y résoudre pour le moment.

Margaret Clenneth n'était guère plus disponible. Elle passait le plus clair de son temps en compagnie de Mr Matheson qui l'enrôlait pour jouer aux cartes ou danser la contredanse, quand elle-même ne le mobilisait pas pour lui donner la réplique dans les pièces de théâtre qu'elle affectionnait tant. La bâtisse du XIIIe siècle se prêtait particulièrement aux reconstitutions des grands classiques dramatiques ou comiques anglais. Cernées par de profondes douves, deux larges tours à créneaux encadraient une cour qui n'avait pas bougé depuis des siècles.

D'ailleurs, Mr Matheson, se sentant probablement l'âme d'un Orsino ou d'un Roméo shakespearien, poussa la perfection à faire coudre des costumes de théâtre. Ses convives purent ainsi donner une représentation vêtus de pourpoints, de fraises, de chausses et de toques bouffantes.

Pendant tout ce temps, Amy subissait la condescendance et les attaques incessantes de Mlle de Crainville. Elle savait que la jeune Française se vengeait de lui avoir volé l'attention des convives le soir de son anniversaire. Et elle ne supportait plus ses grands airs. Ses sempiternelles remarques la fatiguaient… Elle se sentait de plus en plus vulnérable et usée.

« Miss Amy, j'ai compris que vous n'aviez plus de toilettes, suite à ce dramatique épisode. Je vous prêterais bien une ou deux robes. Cependant je crains que vous ne puissiez supporter l'étroitesse du patron. De plus, elles vous paraîtront sans doute trop élaborées. Ce n'est guère ce qui se porte dans la petite société anglaise. »

« Miss Amy ! Comment ! Vous ne jouez pas de piano ! N'avez-vous jamais pris le temps de vous perfectionner ? »

« À ce rythme-là, miss Amy, vous serez toujours célibataire quand on vous mettra en tombe. »

— Les Anglaises manquent parfois terriblement de caractère, fit encore remarquer Marie-Clotilde.

C'était la pique en trop. Ulcérée, Amy finit par perdre patience cette fois-ci.

— Il n'est pas difficile pour elles d'afficher moins d'arrogance que les Françaises ! répliqua-t-elle.

Les exemples de l'animosité de Marie-Clotilde pleuvaient. La société de Stokesay savait que la jeune Française avait pris Miss Rosebury en grippe. Cette dernière ne pouvait leur en vouloir de chercher à rester dans la lumière en évitant de prendre parti.

Elle avait espéré trouver du réconfort auprès de Mr Elias. Et, bien que son vieil ami débordât toujours de gentillesse à son égard, il n'était guère bavard. Perdu dans ses pensées, il était devenu taciturne, refusant même toutes les parties de chasse aux pigeons que Henry et Mr Matheson lui proposaient, et s'enfermant des heures durant dans son monde pour lire seul au salon.

L'esprit aiguisé d'Amy ne tarda pas à comprendre les raisons de la tristesse de George. Elle nourrissait depuis longtemps des soupçons sur l'attachement qui le rendait si malheureux.

Comme, au bout d'une dizaine de jours, elle pouvait arpenter le parc en sa compagnie sans ressentir la moindre douleur, elle profita d'une promenade pour lui faire part de ses soupçons.

— Regardez cela, miss Amy ! dit-il en admirant la haute enceinte de pierre du château que surplombait la tour sud. Imaginez-le au Moyen Âge ! Combien d'histoires tragiques ces vieilles pierres ont-elles pu voir ?

— Sans doute. Et elles ont également dû être le théâtre de grands bonheurs. Toutes les histoires ne sont pas des tragédies, Mr Elias. Parfois, il suffirait que les protagonistes s'en donnent les moyens pour que le final de l'histoire devienne une plaisante comédie, affirma-t-elle.

— Je sens que vous ne parlez pas uniquement du château, miss Amy, mais je ne comprends pas ce à quoi vous faites allusion.

Amy lui fit face.

— Quand comptez-vous lui dire, George ?

— De qui parlez-vous ?

Puis devant l'air déterminé de son amie, il cessa de feindre :

— Ah… Je vois. Vous m'avez percé à jour. Je suis trop vieux pour elle, Amy.

— Laissez-la juge de cela !

— Elle ne m'aime pas. Elle me connaît depuis toujours.

— Très juste… Et c'est bien là que réside le problème. Elle a peut-être tout simplement peur de tout gâcher. Comme vous ! Je sais que c'est ce que vous redoutez.

— Non, elle ne m'aime pas. Je ne suis pour elle que le vieil ami de son frère. Je ne fais pas le poids contre Mr Nathaniel Matheson.

— Je ne crois pas qu'elle l'aime.

— Vraiment ? répondit-il d'un ton dubitatif.

— Vraiment. Elle est certainement flattée par ses attentions. Je vous le concède. Toutefois cela s'évanouira bien vite et Margaret se lassera des manières un brin pompeuses de notre hôte. Pour tout vous dire, je crains qu'elle ne soit un peu poussée vers lui par son entourage. Vous savez bien que la gouvernante et les amis de Margaret souhaitent la voir se marier.

— Henry en revanche n'y a jamais poussé, et pourtant, dans ce cas précis, il ne semble pas contre.

— Il le serait s'il pensait sa sœur indifférente à Mr Matheson. Vous le savez autant que moi.

— Voilà qui prouve qu'elle ne l'est pas, rétorqua Mr Elias, désemparé. Sinon Henry aurait mis un terme à tout ceci !

— Sauf votre respect, nous savons tous deux que Mr Clenneth est trop préoccupé en ce moment pour être un juge impartial.

Penaud, George s'excusa.

— Pardonnez-moi, Amy. Vous-même n'êtes pas très heureuse. Malgré tout, vous essayez de m'aider et l'être sans cœur que je suis vous rabroue sans concessions.

— Si seulement tous les gens sans cœur pouvaient se comporter comme vous ! George, vous venez d'être parfaitement honnête avec moi. À mon tour, je ne vous ferai pas l'affront de nier la situation dans laquelle je me trouve et que vous évoquez à demi-mot. Un malheureux concours de circonstances en est à l'origine. Mais vous, comme Miss Clenneth, êtes libres et avez le droit au bonheur. Que diable, George ! Brisez cette malédiction dans laquelle les Clenneth semblent se complaire. Secouez-les un peu ! Ne laissez pas passer votre chance ! Parlez-lui, je vous en prie.

George Elias promit d'essayer. Mais lorsqu'ils rentrèrent, le salon était en ébullition.

— Ah les voilà, s'exclama joyeusement Mr Clenneth. Puisque nous sommes tous réunis, j'aimerais vous annoncer une grande nouvelle. Chers amis, j'ai l'immense honneur de vous annoncer ce soir les fiançailles de ma chère petite sœur, Miss Margaret, avec notre délicieux hôte, Mr Matheson !

Un éclat de joie suivit l'annonce. Tous se précipitaient vers les jeunes gens pour les féliciter. Tous, sauf Amy, désolée. Elle osait à peine regarder Mr Elias qui avait blêmi dans son coin. Il parvint toutefois à féliciter les jeunes fiancés à son tour : « Prenez soin d'elle », glissa-t-il à Mr Matheson qui n'eut pas l'air de percevoir l'avertissement qui lui était ainsi secrètement adressé.

Les jours suivants, George s'isola davantage. Amy se trouva plutôt désœuvrée. Rien ne parvenait plus à la distraire de ses sombres pensées. Elle essayait vainement de mettre de côté les sentiments qui l'avaient animée lorsque Henry avait pris soin d'elle, cette fameuse nuit sur la colline de Malvern. Parfois, il aurait fallu de peu pour qu'elle saute dans le premier fiacre et rentre à Weymouth. Mais elle n'avait pas oublié Firmin. Et puis, elle ne pouvait se résoudre à s'éloigner de Henry dont elle surprenait parfois les regards empreints de compassion.

Écrasée par le poids des vieilles pierres du château, elle passait de plus en plus de temps en promenade, y cherchant sans cesse une échappatoire.

La distraction se présenta un jour sous les traits d'un petit garçon, alors qu'elle se promenait dans le village de Covent Arms. Tandis qu'elle observait les estampes d'un artisan, elle vit l'enfant passer près d'elle en toussant. La jeune femme fut immédiatement prise de pitié pour le pauvre petit corps secoué de frissons. Elle le rattrapa et se présenta.

L'enfant s'appelait Alexander. Il était un peu fiévreux mais il venait acheter à manger pour sa famille. Son père travaillait toute la journée et sa mère avait fort à faire avec tous les petits.

Amy soupira. C'était là le schéma classique de la détresse qu'on pouvait rencontrer dans certains hameaux insalubres.

Heureuse d'apporter son aide, elle acheta des légumes, du pain, du lait et des couvertures chez les commerçants du village et suivit le petit homme. Ils sortirent de la ville et marchèrent une vingtaine de minutes. Ils aperçurent enfin la masure en contrebas.

D'abord sur la défensive, la mère reçut cette visite comme une bénédiction. Deux de ses enfants étaient couchés avec une forte fièvre et elle avait la garde d'une petite fille en plus. Elle n'était pas fière. Un peu d'aide supplémentaire ne serait pas un luxe et permettrait à Alexander de se coucher pour reprendre des forces.

— Comment s'appelle cette petite ? demanda Amy, fascinée par la petite protégée de la famille, une jolie enfant blonde aux traits fins et réguliers.

— Blanche.

— Blanche ! Quel joli prénom ! C'est français !

— Oui, elle nous a été confiée par une grande dame. Je ne connais pas son histoire. La dame nous a juste demandé de prendre bien soin d'elle. Et elle paie tout ce qu'il faut pour l'enfant. Et la petite parle anglais.

— Tu as une jolie poupée, rit Amy en caressant les cheveux blonds de l'enfant.

— Camille, répondit fièrement la petite.

— Très bon choix, approuva Amy avec un sourire.

Inquiète pour la santé de la famille, Amy fit venir un médecin et attendit patiemment son arrivée. Ce dernier ne se montra pas alarmé. Avec un peu de repos et une solide nourriture, tous seraient bientôt sur pieds.

Prenant congé, Amy promit de revenir, dès le lendemain, les assister.

Malgré tout, elle s'était laissée surprendre par la nuit tombante. Elle hâta le pas pour retrouver son chemin avant que l'obscurité ne soit totale. Elle fut accueillie au château par Henry qui faisait les cent pas dans l'allée un flambeau à la main. Son beau visage se tordait en rictus d'irritation.

— Amy ! Où étiez-vous ? J'étais mort d'inquiétude. Je vous ai cherchée partout !

Il ne méritait sans doute pas son courroux mais Amy sentit la hargne qui l'étreignait depuis de longues journées la submerger et elle ne parvint pas à la retenir :

— Mr Clenneth, au cas où vous ne l'auriez pas encore remarqué, je suis une grande fille et capable de me débrouiller toute seule !

Elle se dirigeait à grands pas vers le porche. Jamais elle n'avait haussé le ton en sa présence et il resta un instant pantois avant de se ressaisir et de lui attraper le bras.

— Amy ! Je n'en doute pas… mais j'ai eu si peur ! Qu'auriez-vous pu faire contre Firmin ? Imaginez s'il vous avait trouvée ?

Ses grands yeux verts étaient pleins de bienveillance. Vaincue par son regard, Amy s'adoucit.

— Pardonnez-moi, Henry. J'ai perdu toute notion du temps.

— Vous semblez épuisée, se désola-t-il. Je sais ce que Marie-Clotilde vous fait subir. C'est une peste. Pourtant, je ne peux intervenir. Plus je tente de la raisonner, plus elle vous accable de sarcasmes. J'espérais que George se porterait un peu à votre secours, mais voilà qu'il s'est transformé en vieil ours mal léché. Soyez patiente, douce Amy, j'aurai bientôt des nouvelles du détective. Et, si Dieu le veut, nous pourrons enfin quitter cet endroit.

Comme elle soupirait, il ajouta en lui caressant la joue :

— Ô Amy, chérie, je ne vous cause que des malheurs.

Amy secoua la tête, et détourna son beau visage afin de se dérober aux regards de son compagnon. Mais Henry, posant son bras sur son épaule, la força à le regarder.

— Amy, laissez-moi être sérieux. Je n'ai jamais été complètement honnête avec vous.

Elle fronça les sourcils.

— Je n'ai jamais eu le courage de vous dire ce que mon serment devrait m'interdire d'exprimer aujourd'hui. Qu'importe l'engagement qui me lie aujourd'hui, Amy, il faut que vous sachiez que je me suis attaché à vous dès le premier moment où je vous ai vue.

— Dans le salon d'Abigail, fit Amy, émue par cet aveu.

— Non, bien avant, lorsque vous farfouilliez à Covent Garden, avec Lisa. Lorsque j'ai croisé votre regard si doux. Ce moment est inscrit dans ma mémoire. Les semaines suivantes, je n'ai cessé d'y penser. Imaginez alors ma joie quand c'est vous qui êtes apparue dans le salon de mon bon ami William. Depuis, je vous ai aimée chaque jour un peu plus ardemment. Tant et si bien qu'il ne pourra plus jamais en être autrement.

Amy était bouleversée par cette déclaration qu'elle avait tant rêvé d'entendre. Elle oscillait entre délectation et souffrance. Et il s'en fallait de peu pour qu'elle capitule et vienne se blottir dans les bras de Henry. Pourtant, il fallait que l'un d'entre eux se montre raisonnable et ferme.

— Henry, dois-je vous rappeler que vous êtes fiancé ?

— Hélas, non. Mais Amy, qu'est-ce qu'un mariage sans amour ? Je veux mettre toute ma confiance dans mon mariage, tout mon amour dans ma famille, tout mon bonheur dans mon foyer. Je prie Dieu pour qu'une solution se dessine. Je suis sûr qu'il y en aura une. Soyons patients. Toutefois, ma chère Amy, vous le savez : un mot de vous suffirait pour que je brise mes fiançailles sur-le-champ.

Les mots pénétraient le cœur palpitant d'Amy. Elle savait qu'elle ne tiendrait pas longtemps face au jeune homme. Il fallait pourtant qu'elle parvienne à le raisonner. Elle se dégagea lentement de son accolade et, baissant la tête, reprit posément :

— Henry, vous êtes un homme de parole. Vous respecterez celle donnée à votre défunte tante. Si vous vous déniiez, je sais que vous vous en voudriez éternellement d'avoir failli à votre engagement. De plus, malgré le peu d'affection que je porte à votre fiancée, elle mérite de vivre une vie décente après tous les malheurs qu'elle a endurés. C'est avec elle qu'il vous faut apprendre à construire votre vie. Oubliez-moi. Je ne fais plus partie du jeu. Vous ne pouvez pas attendre un coup de théâtre qui n'arrivera peut-être jamais. Nous ne sommes pas sur une scène.

Comme il faisait un geste de lassitude, elle releva la tête et enchaîna :

— De plus, espérer la rupture de votre engagement, n'est-ce pas déjà lui être infidèle ? Je ne vous laisserai pas prendre la voie du déshonneur, Henry. Vous ne pouvez décevoir votre famille, ni vous trahir vous-même.

Henry allait protester mais Amy l'arrêta net.

— Vous n'avez pas le choix, Henry. Soit vous vous employez à m'oublier, soit vous ne me verrez plus jamais.

Le visage enflammé, Henry prit ses doigts entre les siens.

— Je vous aime. C'est avec vous que j'ai commencé à construire ma vie – d'une manière peu conventionnelle, je vous l'accorde. J'ai bien peur que rien ne puisse détruire cela… J'ai mis trop de cœur dans ces fondations solides. La mort d'Edward a eu pour mérite de me faire comprendre que nous n'avons qu'une seule vie. Elle peut s'effondrer très vite. Je souhaite que la mienne porte du fruit. Et je veux que la vôtre soit féconde. Je sais que cela ne sera possible que si nous sommes ensemble.

— Je ne céderai pas, répondit Amy le plus froidement qu'elle put.

Déçu, Henry relâcha sa main.

— Comme vous êtes cruelle.

— Henry, ce n'est pas moi qui me suis engagée auprès de quelqu'un d'autre.

Elle regretta aussitôt ses paroles en voyant son ami blêmir et tourner la tête.

— Je vous prie de m'excuser. C'était indigne. Henry, je ne vous mentirai pas. J'ai souffert et je souffre encore de cette situation. Pour autant, je ne céderai en rien. Et au fond de vous, vous savez que j'ai raison.

Il afficha un air accablé.

— Je ne puis me résigner à ne plus jamais vous voir. Si vous saviez comme ces mois que vous avez passés en Irlande furent un supplice pour moi. Et, quand je pense à ce que je vous ai fait endurer ! Comme vous auriez raison de m'en vouloir, Amy !

— Je ne pourrai jamais vous en vouloir de vous être conduit en gentleman, d'avoir respecté votre vœu, et d'avoir choisi la voie de l'honneur si chère à votre père.

— Amy, implora-t-il en lui caressant de nouveau la joue.

Elle repoussa sa main et releva le menton en signe de défi. Il s'avoua vaincu.

— J'espère sincèrement que vous trouverez quelqu'un qui vous rendra heureuse, comme vous le méritez.

— Je n'ai plus qu'à attendre qu'Alexander, le petit homme que j'ai rencontré aujourd'hui, ait l'âge de se marier, plaisanta la jeune femme.

Henry fit un sourire timide en secouant la tête. Décidément, cette jeune femme était étonnante. Elle le connaissait si bien. Elle savait à quel point faillir à sa parole le hanterait. Elle avait eu raison de lui rappeler ses devoirs. N'était-ce pas aussi pour cela qu'il s'était épris d'elle ?

La voix de Margaret les appelait depuis le corps de garde. Henry s'effaça pour laisser passer Amy devant lui. Il était temps de rejoindre leurs amis.

Au cours des semaines suivantes, Amy rendit visite plusieurs fois à la famille d'Alexander. Les enfants se remettaient petit à petit. Tandis que Margaret Clenneth louait sa grandeur d'âme et sa compassion, Amy rougissait de honte. Elle savait que la charité chrétienne n'était pas son seul motif. Ces pauvres gens la sauvaient, sans même le savoir : elle échappait grâce à eux à ses mornes pensées, à sa solitude, et à sa tristesse… À leur contact, elle évitait de ressasser la déclaration de Henry et de se demander ce qui se serait passé si elle avait cédé. La famille d'Alexander insufflait un sens à ses journées. Elle apprenait à donner, à se réjouir de choses simples et relativisait ses malheurs.

Elle affectionnait particulièrement son temps passé avec la petite Blanche et Alexander. Tous trois allaient ainsi souvent se promener dans la forêt des alentours. Ils ramassaient des feuilles et de jolis cailloux qu'ils montraient fièrement ensuite à la maman d'Alexander.

C'est ainsi qu'ils croisèrent, un matin, Mlle de Crainville. Celle-ci se figea, visiblement aussi surprise qu'eux.

— Miss Rosebury ! haleta-t-elle, d'un ton libéré de toute affectation. Que diable faites-vous avec ces enfants ?

— Ce sont mes petits amis, mademoiselle. Voici Alexander et la petite Blanche.

Alexander eut l'air surpris et salua la jeune aristocrate avec sérieux. Blanche, elle, fit quelques pas vers sa compatriote.

— Ah, j'ai l'impression qu'elle vous apprécie, plaisanta Amy, d'humeur légère. Sans doute votre origine commune.

Marie-Clotilde sembla s'horrifier davantage à mesure que l'enfant s'approchait. Elle la toisa. Blanche s'arrêta net et prononça quelques mots qu'Amy ne comprit pas.

— Que dit-elle ? Est-ce du français ? s'étonna la jeune femme.

— Comment le saurais-je ? Les enfants savent à peine articuler, répondit durement la Française.

— Vous n'aimez pas les enfants ? fit Amy, dépitée.

— Non, répliqua son interlocutrice, visiblement mal à l'aise.

La petite Blanche avait maintenant attrapé sa jupe et se cachait dans les plis en riant. Alors que la scène attendrissait Amy, Marie-Clotilde devint de plus en plus nerveuse.

— Ne pouvez-vous pas m'aider à l'enlever de là ? s'énerva-t-elle.

— Mais madame… commença Alexander.

— Toi, tais-toi, rugit Marie-Clotilde.

Choquée, Amy lui lança un regard noir et attrapa Blanche qui fixait toujours Mlle de Crainville en souriant. Elle murmura quelque chose.

— Terre ? répéta Amy en français. Est-ce bien ce qu'elle a dit ? Oui, mon enfant. Tu risques de mettre de la terre sur la jolie robe de Mlle de Crainville. C'est pour cela que tu ne peux pas jouer avec ses jupons.

L'intéressée tourna rageusement des talons, non sans avoir au préalable fusillé les enfants du regard.

— Ne t'inquiète pas, dit Amy à Alexander qui semblait très impressionné. Elle est souvent comme ça. Elle se donne des airs mais elle ne peut rien vous faire.

Elle ne parla pas de l'incident à Henry. Elle savait déjà trop combien lui et sa fiancée étaient opposés.

Bientôt Henry voulut connaître les nouveaux amis d'Amy. Elle le mena à la petite masure. En geste d'amitié et de remerciement pour ses bons soins, Alexander avait sculpté pour Amy une petite figurine de bois représentant un cheval.

— Merci, je le garderai comme un trésor, fit Amy toute retournée en ébouriffant la petite tête blonde.

Henry Clenneth observa la figurine et s'intéressa beaucoup à l'enfant. En prenant congé de la famille, il glissa à l'oreille d'Amy :

— Je crois que je vais en toucher deux mots à l'ébéniste du village. Nous pourrions aller de ce pas lui montrer ce petit cheval ? D'ailleurs, il lui faut un nom, comment allez-vous l'appeler ?

— Honey, répondit malicieusement Amy.

C'est ainsi qu'Alexander se présenta quelques jours plus tard au château de Stokesay. Impressionné d'être introduit dans un si beau salon, et effrayé par les regards tournés vers lui, le petit garçon aurait pris ses jambes à son cou si Henry ne s'était pas agenouillé à sa hauteur, posant une main sur son épaule pour le rassurer.

Sous les yeux attendris d'Amy, de George et de Margaret, et sous les regards sidérés du reste de l'assemblée, Alexander tendit un petit paquet au gentleman en bégayant :

— C'est pour vous, pour vous remercier pour l'ébénisterie. Je vais apprendre un vrai métier.

Ému, Henry ouvrit le paquet. Celui-ci contenait un splendide porte-plume en bois, sans doute le premier travail du petit garçon en apprentissage.

Alexander n'oublia jamais le jour où « un grand Monsieur » le serra dans ses bras au beau milieu du salon de réception d'un château.

CHAPITRE 10

Un point à temps en vaut cent
— Proverbe anglais

Henry reçut enfin des nouvelles de son détective. Il était parvenu à retrouver la trace de Firmin et Martin Crimbe, les deux frères français. Apparemment, ils étaient passés en Angleterre quelques mois plus tôt mais seul Firmin était rentré à Calais. Le détective achevait sa missive par une bonne nouvelle : il avait trouvé le nom de la personne qu'Edward avait tuée en voulant sauver le prêtre. Il s'agissait d'un certain Jean Glotard, corsaire de son espèce. L'homme n'avait pas d'autres informations pour le moment, mais ne manquerait pas de prévenir Henry dès qu'il aurait du nouveau. Rassuré de savoir que Firmin ne foulait pas le sol britannique, Henry put enfin envisager de quitter Stokesay.

Pour tout dire, toute la petite compagnie commençait à se lasser du paysage gothique qui les entourait. Il fut décidé de rentrer à Londres. Mr Matheson brûlait d'envie d'y annoncer ses fiançailles, tandis que Mlle de Crainville montrait des signes d'ennui évident. Elle souhaitait vivement participer au bal que donnerait bientôt Lady Tornwell, chez qui elle séjournait à Londres. Les affaires de Mr Elias l'attendaient, lui permettant de s'échapper enfin de ce guêpier amoureux. Amy, quant à elle, était soulagée de retrouver sa famille et son environnement. Elle n'avait jamais supporté la cohabitation avec le microcosme de Stokesay et espérait que Londres lui changerait les idées.

Ils retrouvèrent la ville en ébullition. On attendait toute la meilleure société lors de la réception annuelle que Lady Tornwell donnait dans sa majestueuse demeure. On apprit à Amy que l'étage de réception de l'hôtel particulier se composait d'une enfilade de plus de deux salons de taille moyenne, d'un Grand Salon doré, d'une galerie décorée avec du verre de Murano dans laquelle on servait de somptueux banquets, ainsi que d'une salle de réception pouvant accueillir plus de cinquante couples de danseurs.

Lorsque Amy gravit l'imposant escalier qu'on avait savamment agrémenté de lumignons et pénétra dans le hall étincelant, elle retint son souffle, subjuguée.

Le bal lui aussi était bien à la hauteur de ses promesses : étourdissant en tout point, aussi bien par la volupté du décor et des danseurs, que par la magnificence du lieu, les lustres scintillants, les buffets fastueux, le nombre d'invités, l'élégance des dames, l'allure des hommes, ou encore la magie de l'orchestre.

Bien vite, les petits membres de la compagnie se dispersèrent. Henry Clenneth suivit sa fiancée, tandis que Mr Matheson, ayant à faire avec un gentleman, pria Margaret de l'excuser le temps d'un ou deux morceaux.

— Miss Amy, m'en voudriez-vous beaucoup si je conviais Margaret à danser ? s'enhardit alors George Elias.

— Bien sûr que non !

— Margaret ? Me feriez-vous l'honneur ?

— Bien sûr, George ! répondit cette dernière, ravie. Comme au bon vieux temps.

— Comme au bon vieux temps, murmura-t-il en lui présentant son bras.

Perdue seule au milieu de ces fins danseurs, Amy se prit à rêver de son Dorset natal. Elle se remémorait ces printemps paisibles au bord de la mer… avant que tout ne se détraque. Heureusement, elle aperçut la figure joviale de sa cousine au milieu de la foule.

— Lisa, quelle bonne surprise !

— Amy, quelle joie que vous soyez enfin rentrée ! Vous êtes devenue très proche de la famille Clenneth à ce que je constate ! Mais j'oubliais, comment se porte votre cheville ? Tante Rosebury s'est fait tant de soucis ! Je crois bien qu'elle ne vous laissera jamais partir à nouveau dans le Shropshire ni monter dans un gig. Êtes-vous complètement remise ?

— Oui, je vous remercie, Lisa. Comment allez-vous ?

— Moi, pourquoi parler de moi ? Je suis toujours poursuivie par cet infâme fat. J'espérais que notre séjour en Irlande eût été suffisamment long pour qu'il m'oublie ! Mais il semble avoir la mémoire tenace ! Heureusement, il n'est pas là ce soir. Et je dois dire que cela me convient fort bien, souffla-t-elle. En revanche vous ne devinerez jamais qui est présent !

— Qui donc ? fit Amy, intriguée.

— Selon vos préférences politiques, nous dirons « le frère de Capet » ou bien « le comte d'Artois » ! railla Lisa.

— Le frère du roi Louis XVI de France ? Je le savais en exil en Angleterre mais je ne pensais pas qu'il assistait à de telles réceptions.

Lisa haussa les épaules.

— Peut-être connaît-il la protégée de Lady Tornwell ? Venez Amy, allons satisfaire notre curiosité !

La grimace éloquente d'Amy à l'évocation de Marie-Clotilde la fit rire. Cette dernière se pavanait, comme à son habitude, cernée de damoiseaux.

— Je ne comprends vraiment pas ce qui les attire en elle, persifla Lisa à l'oreille d'Amy.

Amy répondit par une petite moue et rejoignit Mr Clenneth qui se forçait à sourire poliment aux fadaises de sa fiancée. Il s'extirpa du groupe avec soulagement, afin de saluer les deux jeunes femmes.

— Miss Lennox ! Quel plaisir ! Je crois bien ne pas vous avoir revue depuis ce terrible retour d'Irlande ! Comment vous portez-vous ?

— Fort bien, monsieur ! Et je suis ravie de constater que vous avez pris grand soin de ma cousine… si longtemps, insinua-t-elle joyeusement.

Elle put admirer l'effet de sa remarque qui provoqua la gêne de ses deux compagnons. Fière de son coup, elle orienta la conversation sur l'Irlande. Amy commentait la réaction des forces anglaises, fin juin, quand le silence se fit autour d'eux.

La maîtresse de cérémonie, Lady Tornwell, s'approchait avec un homme d'une quarantaine d'années et un petit groupe d'aristocrates français. Les jeunes gens s'inclinèrent en signe de respect. Puis Lady Tornwell désigna Mlle de Crainville qui fit la révérence.

— Mademoiselle, dit le comte d'Artois, c'est un honneur de retrouver une si noble compagnie en exil. Je suis heureux de constater que vous parvenez à surmonter les épreuves des événements passés et j'espère que vous vous plaisez en Angleterre.

— Beaucoup Sire ! Bien que l'Angleterre ne puisse jamais égaler la France.

— Merci pour nous, pauvres Anglais, chuchota Lisa à l'oreille de sa cousine. Quelles bonnes poires sommes-nous d'accueillir tous ces émigrés enrubannés.

Le comte parut gêné.

— En effet, il est terrible d'être séparé de sa patrie de naissance… Cependant, je remercie chaque jour le ciel de la magnanimité de nos voisins. Je dois dire que j'ai peine à vous reconnaître. Il faut dire que vous n'étiez qu'une enfant, ajouta le comte d'Artois.

Il s'entretint encore quelques minutes avec la jeune fille. Puis il prit congé. Mr Clenneth s'excusa aussitôt et suivit discrètement le frère du roi de France. La venue du comte lui apparaissait comme une bénédiction dont il fallait tirer profit.

Il parvint à obtenir une conversation privée dans un salon à l'écart et confia à Charles ses fiançailles secrètes avec Mlle de Crainville et lui expliqua sa requête. Il avait conscience du statut bien supérieur de sa fiancée. De même, il craignait que les mariages ne soient décidés au berceau dans l'aristocratie française. C'est pourquoi il tenait à s'assurer que Marie-Clotilde n'était pas déjà fiancée. En dernier lieu, il souhaitait l'assentiment du comte pour cette union.

— Je tiens à ce que tout soit fait en bonne et due forme, expliqua-t-il.

Le comte d'Artois lui fit signe qu'il avait compris sa demande et lui promit de se renseigner.

Lorsqu'il prit congé, le cœur plus léger, Henry ne se doutait pas de l'état de perplexité dans lequel il avait laissé le Français. Certes, le frère de Louis XVI n'était pas très favorable aux mésalliances. Toutefois, il était reconnaissant que le jeune homme ait entrepris une telle démarche. Combien d'autres auraient tenté de tirer avantage de la situation ?

Mais autre chose le tourmentait. Il avait été choqué par les manières peu élégantes de la demoiselle. Et il était troublé de ne pas retrouver sur le joli minois de Marie-Clotilde les traits de ses parents. Cette histoire piquait sa curiosité au vif : l'étiquette et la noblesse française étaient en jeu ! Soucieux d'accomplir au mieux son rôle, il fit appeler aussitôt quelques gens de sa suite dans le petit salon afin d'essayer d'y voir plus clair.

Après sa conversation avec le comte d'Artois, Henry se sentit d'humeur bien plus festive. Il chercha des yeux Amy dans la foule. Elle se tenait sagement près d'une fenêtre, les yeux perdus dans le vague. Il l'observa ainsi un long moment, subjugué, comme toujours depuis qu'il l'avait rencontrée, par la beauté naturelle de la jeune femme. Ce soir-là, elle portait une robe de bal en mousseline diaphane qui lui donnait une allure vaporeuse et elle avait remonté ses boucles blondes en une coiffure à la grecque qui illuminait l'ovale de son visage.

Henry soupira. Depuis son aveu dans le jardin de Stokesay, il avait réussi à ne pas réitérer ses supplications. Mais plus le temps passait, plus il sentait qu'il n'aurait pas la force d'épouser Mlle de Crainville. Et ce soir, en rencontrant le Comte d'Artois, il avait pris la résolution d'entreprendre tout ce qui était en son pouvoir pour l'éviter. Pour autant, il savait qu'Amy avait raison. L'honneur était une valeur essentielle des Clenneth, et il ne pourrait agir que s'il n'avait pas le sentiment de bafouer sa parole. C'était sans doute un périlleux exercice d'équilibriste, mais son entretien avec le comte d'Artois lui avait ouvert la porte de l'espoir.

Il jeta un regard sur le buffet de sorbets qui avait été installé dans le Grand Hall annexé à la salle de bal. Sa fiancée était occupée à converser avec Mr Matheson et ses amis, une coupe à la main. Il était donc libre pour quelques danses. Il fendit la foule pour rejoindre Amy et s'inclina devant elle.

— Miss Rosebury, me feriez-vous l'honneur de cette danse ?

— Mr Clenneth, est-ce bien raisonnable ? murmura Amy, interloquée.

Comme une dame coiffée de plumes se tournait vers eux pour les dévisager, Henry Clenneth répondit d'un ton aimable :

— Voyons, miss Rosebury, je suis sûre que Margaret serait fâchée de savoir que je néglige ses amies. Et elle aurait raison !

Comme Amy lui tendit lentement la main pour qu'il la mène vers les autres danseurs, il lui glissa avec humour :

— Je ne voudrais pas non plus décevoir votre cousine Lisa.

L'orchestre se préparait à entonner un menuet d'Haendel. Ils se saluèrent et se placèrent côte à côte dans l'enfilade des danseurs.

— Savez-vous, miss Rosebury, commença Henry Clenneth en avançant de quelques pas, lorsque les premières mesures retentirent, que depuis le temps que nous nous connaissons, nous n'avons jamais partagé une danse.

— C'est de votre faute, Mr Clenneth, se moqua Amy. Le dernier bal que nous avons improvisé était à Stokesay. Et je n'ai pas pu danser car ma cheville était immobilisée.

— Croyez bien que je m'en veux énormément pour cet accident de gig, autant que pour ses antécédents et ses conséquences, souffla Henry Clenneth.

— Je n'en doute pas, répondit Amy en riant. Mais ne vous blâmez pas trop. Vous n'êtes pas le seul responsable de cette situation.

Henry Clenneth hocha la tête.

— Quand bien même, j'aurais eu d'autres occasions de danser avec vous, même avant Stokesay. J'aurais dû les saisir.

Les figures de la danse les séparèrent un instant alors qu'ils remontaient la piste chacun le long d'une file de danseurs.

— À quoi jouez-vous Mr Clenneth ? lui glissa Amy pour que les autres danseurs ne l'entendent pas. Votre fiancée est à quelques pas de nous.

— Elle n'est pas encore officiellement ma fiancée, miss Rosebury, murmura son partenaire. Alors, je vous en prie, ma chère, profitons-en pour l'oublier quelques instants.

— Certes, mais je me dois de vous mettre en garde. Il suffit d'un seul geste d'affection trop marqué. Que croyez-vous alors qu'on dira de moi, lorsque vous officialiserez vos fiançailles ?

— Je vous assure que nul n'attaquera votre honneur, miss Rosebury, affirma-t-il d'un air sérieux. Et je vous promets que vous n'aurez rien à redire de ma conduite. Mais puisque nous en avons la chance, je vous en prie, savourons cette première danse.

Amy lui lâcha la main, virevolta et revint planter son regard dans les prunelles d'émeraude de son partenaire.

— Mr Clenneth, je crois qu'il est temps pour moi de rejoindre ma famille à Weymouth.

Il fronça les sourcils.

— Je comprends que votre famille vous manque.

— J'ai le sentiment d'avoir abandonné mes parents depuis trop longtemps. Et je pense qu'il serait mieux que je m'éloigne quelque temps, avoua-t-elle sans fioritures.

— Je n'ignore pas vos tourments, mais je vais être franc, miss Rosebury. Je ne vous laisserai pas repartir tant que nous ne serons pas sûrs d'avoir neutralisé Firmin.

— Nous savons qu'il est en France, Mr Clenneth, protesta Amy. Nous ne pouvons pas éternellement vivre dans son ombre.

Ils s'écartèrent en sautillant.

— Encore un peu de patience, supplia-t-il en la rejoignant. Je sais que je mets à l'épreuve la vôtre mais je vous assure que j'ai un bon pressentiment. Je suis sûr que tout ceci s'arrangera bien vite. Peut-être que les Lennox ne verraient pas d'inconvénient à convier vos parents à Londres ? Dans ce cas, je me ferais personnellement une joie de les inviter à la fête de fiançailles de Margaret.

— Mr Clenneth, je vois clair dans votre jeu. Vous essayez de m'appâter, répondit Amy, les yeux brillants.

— Je plaide coupable. Est-ce efficace ?

— Peut-être, répondit-elle d'un ton malicieux.

— En fait, je dois vous avouer que si vous ne me trouvez pas trop mauvais danseur, j'espère vous convaincre d'esquisser quelques pas d'allemande avec moi lors de la réception de Margaret.

Amy rit.

— Vous êtes un danseur exceptionnel, Mr Clenneth. Cette danse est exceptionnelle.

Comme un assentiment, l'orchestre monta en puissance. Le jeune couple tourna longuement les yeux dans les yeux. Puis, sur la dernière note, les applaudissements des spectateurs les ramenèrent brutalement à la réalité.

Cette nuit-là, Henry ne parvint point à trouver le sommeil. Les paroles d'Amy résonnaient dans sa tête. Il ne pouvait lui en vouloir de chercher à s'éloigner. Et il savait qu'il n'avait pas le droit de la retenir s'il tenait à son bonheur.

Comme à chaque insomnie, il descendit s'installer confortablement dans un fauteuil de la bibliothèque. Peu à peu, il avait complété la collection de sa tante à son goût. Son choix se porta donc sur un livre de Bolingbroke. Celui-ci expliquait comment le traité d'Utrecht, au XVIIe siècle, permettait d'allier les différentes provinces néerlandaises sous une République. Il proposait d'appliquer ce système d'équilibre des pouvoirs à la constitution anglaise. Il avait très certainement inspiré les théories de Montesquieu. Précisément le genre d'ouvrage qui aurait pu intéresser Amy.

Sa lecture fut interrompue par un léger bruit de pas. Levant la tête, il découvrit sa sœur dans l'embrasure de la porte.

— Margaret, vous devriez dormir à cette heure !

— Vous aussi.

— Que vous arrive-t-il, Margaret ?

Elle hésitait :

— Je réfléchis beaucoup, Henry.

— À quel propos ?

— Au sujet de mon avenir. Je ne suis pas sûre de vouloir que les choses changent. Pourquoi le faudrait-il ? Ne pouvons-nous tous rester vivre ici, à prévoir des sorties avec George, Amy et les Bridgestone ?

— Que voulez-vous dire ? Meg, ne voulez-vous plus épouser Mr Matheson ? s'inquiéta Henry en posant son livre sur un guéridon en marqueterie.

Margaret haussa les épaules.

— Oh, Nathaniel est un homme très bien. Il rendrait toute femme heureuse.

— Oui, mais ce dont je veux m'assurer, Margaret, c'est qu'il vous rendra heureuse, vous.

Henry s'était levé et avait pris la main de sa petite sœur. Tout dans son timbre de voix indiquait qu'il cherchait une confirmation.

— Vous l'aimez ?

— J'aime sa compagnie. C'est presque pareil. Henry, vous savez très bien que vous et moi ne sommes pas faits pour ce genre de choses.

— Quel genre de choses ?

— L'amour, tel que les gens l'imaginent. Vous savez, j'ai le sentiment que l'amour tel qu'on le décrit dans les contes et dans les romans ne peut exister.

— Meg ! Je vous accorde que l'on entend toutes sortes de sornettes. Toutefois, il vous suffit de regarder autour de vous… Voyez comme Mr et Mrs Rosebury s'aiment ! Voyez les Bridgestone !

— Henry, vous savez très bien que la plupart des hommes ne me courtiseront jamais que pour ma richesse. Heureusement, Mr Matheson est plutôt plaisant…

— Il est vrai que votre rente risque d'attirer des prétendants vénaux… mais justement vous avez tout le temps de les juger, de réfléchir. Et ne doutez pas de vos qualités, Margaret ! Vous êtes accomplie, intelligente et charmante. Pourquoi vous êtes-vous liée si rapidement avec Mr Matheson si vous n'étiez pas sûre ?

Margaret ricana, l'air abattu.

— C'est exactement ce que m'a dit Amy.

— Vous en avez parlé avec elle ? s'étonna Henry.

— Oui, et je lui ai répondu que Mr Matheson m'avait charmée. J'ai été flattée par ses marques d'attention... C'est le seul homme à m'avoir manifesté le moindre intérêt, en dehors de vos amis. À présent, la frénésie est quelque peu retombée. Comme je m'y attendais. Mais je compte tenir ma parole. Une femme doit se marier.

— Diantre ! Margaret... soupira Henry en se frottant le front. Qui vous a mis cela dans la tête ! Pas moi ! Je n'autoriserai pas ce mariage si vous n'aimez pas Mr Matheson. Soyez-en certaine.

— Comment pouvez-vous être si hypocrite, Henry ! Vous n'aimez pas Marie-Clotilde. Pourtant vous allez l'épouser...

— C'est différent. J'ai fait une erreur et j'en suis prisonnier. Je ne peux me soustraire à la promesse que j'ai faite à notre tante sur son lit de mort.

— Et vous laissez donc Amy pleurer chaque nuit toutes les larmes de son corps.

— Amy pleure ? releva Henry, atterré.

— Toutes les nuits. Je l'entends quand je passe dans le couloir.

— Vraiment, je...

Il s'interrompit brusquement. Une voiture venait de s'arrêter dans la cour. Posant un doigt sur sa bouche, il encouragea sa sœur à remonter par l'escalier.

— Allez vite vous recoucher, Margaret. Il est trop tard pour continuer cette conversation ! Mais croyez-moi, je ne céderai pas.

Henry attendit qu'elle ait disparu pour sortir de la bibliothèque et se diriger vers le hall. Il vérifia que son pistolet était bien dissimulé sous son gilet. Une sueur glacée coulait dans son dos. Qui venait à cette heure ? Était-ce Firmin ? Le détective lui avait pourtant dit qu'il était à Calais. Mais la traversée vers l'Angleterre se faisait rapidement. Il pouvait revenir vite. Devait-il réveiller Amy ? Son cœur se serra en songeant à la peine de la jeune femme… Il lui parlerait. En espérant qu'il trouve enfin les mots pour l'apaiser.

Le visiteur, dissimulé sous une large cape noire, entra dans le vestibule. Il s'avança, laissant derrière lui les deux hommes qui l'accompagnaient. Henry retint son souffle. La cape s'abattit pour laisser deviner dans la pénombre le visage gris de Charles, comte d'Artois.

— Sire ! Que faites-vous ici ? s'écria le jeune homme après un moment d'égarement.

Le Français se laissa introduire dans le petit salon avant d'expliquer le motif de sa visite.

— Mr Clenneth, vous m'avez tout à l'heure fait part d'une requête. Mon enquête fut brève. J'ai depuis quelques minutes votre réponse. Et bien que je ne sois pas habitué à faire irruption chez les gentilhommes, fit-il en inspectant le plafond du salon, j'ai jugé la situation suffisamment grave pour venir moi-même vous en entretenir.

Henry fronça les sourcils et, s'appuyant sur une commode de style Louis XV que sa tante avait fait venir de France, il invita d'un geste son visiteur à s'asseoir.

— Ce que vous suspectiez était vrai, annonça l'homme en faisant signe qu'il préférait rester debout. Mlle Marie-Clotilde Praslin de Crainville était engagée depuis sa naissance auprès d'une autre famille de l'aristocratie française. Mes sources sont catégoriques. Son fiancé a d'ailleurs trouvé refuge sur le continent américain, paraît-il.

— Ah ?

Henry sourit intérieurement. N'était-ce pas là le miracle qu'il attendait tant ?

— Mais là n'est pas le but de ma visite… Qu'importent les fiançailles de Mlle de Crainville… car votre fiancée n'est pas Marie-Clotilde Praslin de Crainville…

Henry Clenneth, croyant avoir mal entendu, se redressa d'un bond.

— Comment ?

— Pardonnez ma rudesse. J'ai estimé qu'il fallait vous prévenir sur-le-champ de cette imposture. Quel désastre ! La Cour de France est une nouvelle fois souillée !

Henry n'aurait su que dire en cet instant. Certes, ses ténèbres s'éclaircissaient de manière inattendue. Pourtant si Marie-Clotilde de Crainville n'était pas celle qu'elle prétendait, on avait honteusement abusé de sa tante et de ses proches. Tout cela demeurait incompréhensible.

— En êtes-vous certain, monsieur ?

— Absolument. Je suis formel. Voici une miniature de Mlle de Crainville, envoyée par sa mère à sa tante, la comtesse de Poulpiquet. Le temps et les épreuves peuvent altérer la physionomie d'une personne, Mr Clenneth, en particulier s'il s'agit d'une enfant, mais à ce point, cela semble improbable. Jugez vous-même.

Henry examina le portrait. L'enfant représentée était aussi rousse que Mlle de Crainville était brune. Ses yeux étaient verts tandis que ceux de la jeune femme étaient bleus. Son visage se couvrait de taches de rousseurs tandis que l'unique point de beauté de la fiancée de Henry mangeait une partie de son menton.

— J'ajouterai que, si vous n'êtes toujours pas convaincu que la noblesse des traits de Marie-Clotilde ne se retrouve en aucun cas dans ceux de sa bruyante usurpatrice, je tiens de source sûre que Mlle de Crainville boitait légèrement suite à un accident dans son enfance. En est-il de même pour votre fiancée ?

— Non, murmura Henry.

Il s'assit, ses jambes se dérobaient sous son poids.

— Mais alors, où est Mlle de Crainville ?

Le comte hésita un instant, puis soupira.

— Je crains qu'elle ne repose désormais sur le sol du royaume de France.

— Est-elle morte ?

Son interlocuteur hocha lentement la tête.

— Ce fut une période affreuse vous savez.

Les épaules du comte d'Artois ployaient sous le poids des souvenirs.

— Le marquis de Crainville s'était insurgé contre le procès du roi, mon frère. Ajoutez à cela ces vilaines passions que sont la haine et la vengeance. Un homme avait juré de tuer toute leur famille pour je ne sais quel obscur motif. Alors que les parents passaient devant le Tribunal Suprême, Marie-Clotilde avait été cachée clandestinement avec sa servante chez son ancienne nourrice. Le secret a été trahi et lorsque la nourrice est revenue des champs, elle l'a trouvée. La femme de chambre d'une de mes amies, la comtesse de Poulpiquet, a aidé la nourrice à enterrer le pauvre corps de manière décente. La servante qui est toujours restée loyale à la comtesse a ensuite rallié l'Angleterre pour y rejoindre sa maîtresse. C'est d'elle que je tiens mes informations.

Henry était atterré. Son miracle avait un âcre goût de sang et de pleurs. Le cœur au bord des lèvres, il s'enquit :

— Mais alors, qui est la jeune fille qui prétend être Mlle de Crainville ?

Après tout, cette étrangère s'était introduite dans leur cercle familial ! Elle avait joué la comédie, usurpé l'identité d'une pauvre jeune fille décédée… De quoi était-elle encore capable ? Qui était-elle ? Pourquoi ? Où était son intérêt ? Les questions se bousculaient dans la tête de Henry.

— Sur ce point, je ne peux qu'émettre une supposition. Cela mériterait une investigation plus profonde. Je préfère me montrer prudent. Cependant, je me dois de vous avouer que la servante de Mlle de Crainville avait disparu lorsqu'on a trouvé le pauvre corps. A-t-elle eu peur ? A-t-elle aussi été tuée ? A-t-elle participé au massacre ? Ou bien a-t-elle décidé de profiter de cette opportunité pour tenter d'avoir une vie meilleure ? Toutes les hypothèses sont à envisager.

— Seigneur !

Profondément choqué, Henry n'entendait plus le comte. Les vociférations de celui-ci contre l'effondrement de son univers et les horreurs de la Révolution ne parvenaient qu'en un bourdonnement à ses oreilles. Il songeait au pire : et si cette femme avait effectivement tué Mlle de Crainville ? Si celle qui côtoyait sa sœur et qui vouait une haine manifeste à Amy était en fait une meurtrière ? Lui qui avait craint pendant de longs mois l'ombre de Firmin découvrait une menace bien plus insidieuse, au sein même de sa famille. Il s'était méfié des parasites extérieurs alors qu'un autre ver était dans le fruit… Henry frémissait en imaginant que cette prétendue Marie-Clotilde attendait peut-être calmement son heure.

Il remercia infiniment le comte d'Artois pour ses révélations, non sans que tous deux conviennent que rien ne devrait être révélé avant la dénonciation de l'usurpatrice, afin de mieux la confondre. Il fallait à tout prix éviter qu'elle se rende compte qu'elle était découverte !

Une fois que le comte eut pris congé, Henry remonta les escaliers d'un pas lourd. Il fut surpris de trouver Amy enveloppée dans un châle sur le palier.

— Henry, qui était-ce ? J'ai entendu du bruit. J'ai eu si peur que Firmin nous ait trouvés… J'avais un mauvais pressentiment. Henry, qu'y a-t-il ? Vous êtes pâle.

— Ce n'est rien…

Malheureusement, il avait promis de ne rien dire à personne. Certes, il aurait pu faire une exception pour Amy, mais était-il vraiment nécessaire de l'alarmer davantage ?

Il se contenta d'esquiver :

— Vous le saurez bientôt.

Qu'elle était belle ainsi, les ombres de sa silhouette éclairées par la faible flamme de sa chandelle, les cheveux dénoués, tombant sur ses épaules... Il la revit en chemise de nuit, dans le jardin de George Elias, puis dans le souterrain de Dorrel. Comme il avait envie de protéger ce petit bout de femme contre les aléas de ce drôle de monde !

Sans rien ajouter, il la prit dans ses bras. Puis, lui caressant la joue, il approcha ses lèvres des siennes. Elle le repoussa violemment.

— Henry ! Non !

Elle regagna précipitamment sa chambre, le laissant désarçonné dans la pénombre. Décidément, cette femme avait du caractère. Et elle n'avait qu'une parole. Après tout, peut-être était-ce elle qui le prévenait contre les vicissitudes de la vie.

CHAPITRE 11

Même le diable fut un ange au commencement

— Proverbe anglais

Il s'en était fallu de très peu pour qu'Amy cède à l'impulsion de Henry. Elle lui en voulait. Il lui rendait la tâche bien difficile. Ce soir, il avait semblé si désemparé qu'elle avait dû résister à l'envie de le serrer dans ses bras. Mais comment pouvait-il être si égoïste ? Comment pouvait-il se montrer si têtu ? Elle n'aurait jamais dû le laisser prendre autant de libertés avec elle ! D'abord la scène du bal, puis maintenant ce baiser manqué ! Il était fiancé, que diable ! Et c'était de sa faute ! Pourquoi n'avait-il pas eu le cran d'avouer plus tôt ses sentiments pour elle ? Et à présent, comment pouvait-il la mettre dans une situation qui pourrait porter préjudice à sa réputation ? Si seulement l'esprit libéral du jeune homme prenait parfois en compte les exigences traditionnelles de cette société extrêmement codifiée !

Installée à son secrétaire, le coffret en bois ouvert sur la tablette, elle ratura avec véhémence les quelques mots qu'elle avait couchés sur le papier. Puis elle froissa la feuille et la jeta à terre. Elle était tellement énervée qu'elle ne pouvait pas écrire une seule phrase cohérente.

Henry ne lui laissait pas le choix. Si lui défaillait, c'était à elle, Amy, de se montrer la plus forte. Bien qu'elle ne se sente pas le courage de mettre sa menace à exécution et de l'abandonner, elle devait s'éloigner. Et d'ici là, la priorité était de fuir la compagnie du jeune homme le plus souvent possible.

C'est pourquoi, au petit matin, avant que toute la maisonnée s'anime telle une ruche, elle descendit sans bruit les escaliers, coiffa sa capeline et s'apprêta à sortir pour une longue promenade suivie d'une visite de courtoisie à Lady Tornwell. Il fallait bien qu'elle remercie la vieille dame pour la magnifique réception donnée la veille !

Alors qu'elle posait sa main sur le bouton de la porte d'entrée, on toussota subrepticement derrière elle.

— Hum, hum…

Amy sursauta et fit volte-face. George Elias la regardait, l'air amusé, adossé à l'un des piliers du hall. Il la salua.

— Vous sortiez, miss Rosebury ? N'est-ce pas inconsidéré de vous aventurer seule dans les rues au vu des circonstances ?

— Nous n'allons pas passer notre vie à nous terrer.

— Néanmoins, miss Amy, je serais infiniment plus tranquille si vous consentiez à ce que je vous accompagne. De plus, Henry…

Devant le haussement réprobateur de sourcils d'Amy, il comprit que cela n'était guère le moment d'évoquer son ami.

— Hum… ce n'est pas juste. C'est toujours lui qui vous sert de protecteur. Pourtant ne sommes-nous pas amis également ? Laissez-moi être votre chevalier servant pour une fois !

La remarque dérida la jeune femme qui lui offrit son bras en guise d'assentiment. Ils arpentèrent les rues de Londres une bonne partie de la journée : depuis Covent Garden jusqu'au London Bridge, en longeant la Tamise. Ils allèrent jusqu'à Kensington Palace, puis, comme l'orage menaçait, ils décidèrent de rendre visite à Lady Tornwell, le chaperon de Marie-Clotilde.

Celle-ci les accueillit avec une joie sincère dans son boudoir personnel au premier étage.

— Il semble que tous mes pensionnaires m'aient abandonnée aujourd'hui. Je me sentais bien seule pour être honnête.

— Mlle de Crainville n'est pas ici ? s'étonna George Elias.

— Vous avez dû la croiser. Elle rendait visite à Miss Clenneth. Puis-je vous offrir un peu de thé ? Miss Amy, ma chère, je crois me souvenir que lors de notre dernier entretien nous avions parlé d'un ouvrage qui vous intéressait.

— *Le Roi Arthur*, écrit par Mr Richard Blackmore ?

— Précisément ! C'est plutôt ennuyeux selon moi mais, si vous y tenez, pourquoi ne me l'emprunteriez-vous pas ?

— Oh Lady Tornwell ! Je vous remercie ! En fait, on m'a dit que Blackmore cherchait également à y symboliser la Glorieuse Révolution de 1688 et la victoire du Parlement. Je suis extrêmement curieuse de voir comment il transpose de tels événements au temps du roi Arthur.

Franchement amusée, la vieille femme se plut à prendre un air horrifié.

— Regardez au passage s'il n'y a pas quelques ouvrages plus appropriés pour une jeune femme !

Puis, s'adressant à George Elias :

— Je vous sais également passionné de littérature, Mr Elias. Mais puis-je vous retenir un instant ? Ma vue n'est plus très bonne et j'ai reçu ce matin un document important. Seriez-vous assez aimable pour en discuter avec moi ?

Ce dernier se soumit docilement au souhait de la vieille dame tandis qu'Amy se sauvait vers la bibliothèque. Ses doigts courraient le long des étagères de bois fin, à la recherche du poème épique. Passant près du mur du fond de la pièce, il lui sembla entendre un bruit étouffé. Interdite, elle tendit l'oreille. Pourtant Lady Tornwell avait bien dit qu'elle était seule aujourd'hui. D'autant que les domestiques n'arpentaient jamais cet étage à cette heure de la journée. La curiosité d'Amy prit le dessus. Abandonnant ses recherches, elle parcourut à pas de loup les couloirs de la demeure, en suivant le bruit sourd. Il semblait provenir d'une pièce éloignée. Elle tourna dans l'aile nord et avisa une porte qui était entrouverte. Amy jeta un œil dans l'embrasure. Le spectacle la cloua au sol. Mlle de Crainville se tenait là, décoiffée, et abandonnée dans les bras d'un jeune homme blond. Amy ne put retenir un petit cri. Le compagnon de Marie-Clotilde se retourna, ne laissant plus aucun doute sur son identité : Nathaniel Matheson.

Profondément écœurée, Amy se mit à courir à travers le labyrinthe des couloirs. Elle entendait Mr Matheson qui la suivait d'un pas rapide. Elle accéléra. Comme elle vérifiait qu'elle l'avait distancé, elle se cogna contre George Elias qui sortait de la bibliothèque, inquiet de ne pas l'y avoir trouvée.

— Amy, vous êtes toute pâle, qu'y a-t-il ?

La nausée la rendait muette. Mr Matheson surgit du fond du couloir. Il s'arrêta net à la vue de George Elias. Celui-ci le dévisagea d'abord sans comprendre. Puis, prenant conscience de la tenue dérangée du jeune homme, il attrapa Amy par le bras et commença à arpenter le couloir d'un pas ferme en direction de Matheson. Ce dernier prit peur devant l'implacable silence, le pas déterminé et le visage fermé de son rival. Il détala vers la chambre. George pressa le pas et le rattrapa avant qu'il ne l'ait atteinte.

La porte s'ouvrit en grand fracas. Mlle de Crainville poussa un grand cri de frayeur en rajustant son corsage à fleurs.

Jamais Amy n'avait vu George ainsi. Ses joues blêmissaient. Sa bouche se tordait sous l'effet d'une colère noire. Ses yeux auraient craché du feu s'ils avaient pu.

Matheson tenta de profiter du chaos pour s'enfuir par la porte de l'escalier de service. Mais George le rattrapa en deux temps, trois mouvements. Le saisissant brusquement par les épaules, il le jeta à terre et, pointant sa canne sur lui, dit froidement :

— Comment osez-vous faire cela à Margaret ? Comment ! Demain matin à l'aube dans la campagne de Chelsea. Si vous n'y êtes pas, je serai obligé de vous dénoncer publiquement comme lâche.

Puis il entraîna Amy, toujours muette. Ils prirent congé rapidement de Lady Tornwell, et il héla impatiemment un fiacre.

Pendant de longues minutes, tous deux gardèrent le silence. Finalement, Amy laissa échapper tout doucement :

— Comment allez-vous l'annoncer à Mr Clenneth ?

— Avec vous, répondit George Elias en lui pressant le bras. À moins que cela ne soit au-dessus de vos forces.

Amy secoua la tête négativement. Elle devait bien cela à Henry.

Chez les Clenneth, Henry enfilait ses gants avant de sortir. Il poussa un soupir de soulagement en voyant la porte s'ouvrir sur ses amis.

— Où étiez-vous ? Je me suis fait un sang d'encre. Personne ne vous avait vus depuis l'aube… Que se passe-t-il ? s'interrompit-il, interpellé par l'air âpre de George et la pâleur d'Amy.

Cette dernière évitait de toute évidence son regard. Ainsi, se dit-il, il avait vu juste ! Elle était partie car elle lui en voulait pour sa conduite impardonnable de la veille. Il ne pouvait l'en blâmer. Pas plus qu'il ne pouvait en vouloir à George d'avoir

pris son parti. Voudrait-elle encore seulement de lui lorsque l'imposture serait révélée ?

— Henry, dit George, gêné. Je souhaiterais te parler.

Puis, jetant un bref regard à Amy, il se corrigea :

— Nous souhaiterions te parler.

La jeune femme garda les yeux baissés. Elle était profondément bouleversée et ne savait comment annoncer la nouvelle à Mr Clenneth. Trompé pour la deuxième fois, comment allait-il réagir ? Et comment allait-il endurer l'affront fait à sa sœur ?

Henry sentit son visage se décomposer. Il craignait le pire. Les Bridgestone avaient-ils vu juste ? Et si la cordialité d'Elias envers Amy n'était pas neutre ? Le maître de Dorrel tentait désespérément de rester digne et de garder la tête froide.

Patience, se dit-il. Il s'était déjà fourvoyé par le passé en craignant qu'Amy n'affectionne Edward. Il ne devait pas reproduire la même erreur : il lui fallait d'abord entendre ce qu'ils avaient à lui dire, quand bien même cela ne lui plairait pas.

Il s'effaça pour les laisser entrer dans son bureau.

— Henry, asseyez-vous je vous en prie, le suppliait George.

Il s'exécuta à contrecœur, contournant la large table en merisier marqueté sur laquelle il entreposait ses papiers et son encrier en argent.

— Nous craignons que la nouvelle ne vous procure un grand choc, ajouta George en aidant Amy à s'asseoir et en s'installant lui-même en face du bureau.

— Je vous écoute, répondit Henry, impassible.

Il serrait les bras de son fauteuil, prêt à recevoir le coup fatal. Derrière lui, le portrait de son arrière-grand-père en tenue de chasse observait placidement la scène.

— Miss Rosebury a été témoin de la scène la plus incommodante qui soit.

Henry fronça les sourcils et joignit les mains sous son menton tandis que George continuait :

— Nous sommes allés rendre visite à Lady Tornwell que nous avons trouvée bien seule. Celle-ci a offert à Amy d'explorer sa bibliothèque.

— Mes recherches ont été troublées par un bruit étrange. Intriguée, j'en ai recherché l'origine. J'ai découvert, ajouta-t-elle en tâchant d'éviter le regard émeraude, votre fiancée et Mr Matheson…

Elle ne trouva pas le courage de continuer. Ce fut George qui termina son récit :

— … Ils semblaient assez proches. Vous comprenez, n'est-ce pas ?

Oui, Henry avait parfaitement compris ! La rage bouillait en lui. N'aurait-il pas été un gentleman, il aurait probablement renversé son bureau et laissé libre cours à sa colère.

— L'infâme petite vermine ! souffla-t-il en se redressant. Qu'on ose encore me dire en face que c'est un gentleman ! Il ne s'en tirera pas comme cela. On ne trompe pas ma sœur sans subir mon courroux ! Où est-il, ajouta-t-il en faisant de nouveau le tour de son bureau, que je le provoque en duel ?

— Nous l'avons laissé chez Lady Tornwell… Il a dû quitter les lieux rapidement. Néanmoins Henry, je dois vous prévenir que je l'ai déjà convoqué demain, à l'aube.

— Vous ? fit Henry, surpris.

— Moi.

— Pourquoi ?

George se tordit les mains tandis que son visage rosissait :

— Parce que j'ai perdu mon sang-froid, je me suis emporté. Je voulais défendre l'honneur de Margaret. Henry, vous savez à quel point je me soucie de son bien-être.

— Vous souciez-vous d'elle à ce point ?

George se leva à son tour et cacha ses mains derrière son dos.

— Henry, ne vous fâchez pas pour si peu ! Je vous promets que, malgré mes sentiments, je n'ai jamais rien entrepris à son égard.

Amy contemplait, sidérée, les deux hommes se toiser, face à face… se défiant presque du regard. Soudain Henry donna une grande tape amicale sur l'épaule de son ami.

— Diantre, mon ami, mais vous l'aimez ! Je n'en avais pas la moindre idée ! Vous êtes si secret ! Comme j'aimerais vous avoir pour beau-frère ! Malheureusement, cela ne dépend pas de moi. Vous auriez dû vous montrer plus entreprenant. Ainsi Margaret ne se serait peut-être pas liée à ce vaurien. Enfin, tout n'est pas perdu pour vous… à présent.

— Comment allez-vous lui annoncer ce qui concerne Mr Matheson ?

Henry manifesta son accablement en enfouissant son visage dans ses mains :

— Comment un frère peut-il faire part à sa sœur chérie d'une telle ignominie ?

Le silence se fit quelques instants, puis Henry se tourna vers Amy.

— Vous avez reçu un grand choc, miss Amy. Y a-t-il quelque chose que je puisse faire pour votre réconfort ?

— Ce n'est pas pour moi que je m'inquiète, Henry, mais pour votre sœur… et pour vous.

— Pour moi ? La vie m'apporte dans un étrange écrin le miracle que j'attendais ! avoua-t-il. J'éprouve presque de la pitié pour cette femme. Comment aurais-je pu m'attendre à ce qu'elle respecte son fiancé et son engagement quand elle-même ne se respecte pas ? C'est une intrigante de la plus vile espèce et le plus tôt nous serons séparés d'elle, le mieux cela sera.

— Henry, qu'est-ce que cela signifie ? fit Amy d'un ton vif.

Elle se leva pour le rejoindre.

— Je ne vous ai rien révélé hier, Amy, car je voulais laisser le bénéfice du doute à cette femme tant que tout n'avait pas été prouvé. Le visiteur nocturne n'était autre que le comte d'Artois.

Il embraya sur les révélations de Charles d'Artois, plongeant Amy et George dans une profonde perplexité.

Puis Henry fit venir Margaret dans son bureau et tous deux eurent un long entretien privé dont elle sortit très digne. En la voyant passer ainsi dans le couloir, Amy ne put s'empêcher de remarquer à quel point elle ressemblait à Henry : la même fierté, la même ténacité.

Plus tard, elle alla toquer discrètement à la porte de son amie.

— Oh ! miss Amy, gémit Margaret en la prenant dans ses bras. Voici la preuve qu'aucun homme ne peut m'aimer pour ce que je suis. Aucun, à part mon frère.

— Ce n'est pas vrai, Margaret. Et vous le sauriez, si vous regardiez davantage autour de vous, s'aventura Amy.

Mais Margaret, tout à son malheur, n'était pas en état de comprendre le sens caché de ces paroles et se dirigea vers la fenêtre :

— Voyez ! À la première occasion, il me trompe, soupira-t-elle en caressant d'un geste mélancolique la soie bleue des rideaux.

— Il nous a tous bernés, Margaret. Ne vous en voulez pas parce que vous avez mal choisi, la consola Amy en venant poser une main sur son épaule.

— Mal choisi ? Miss Amy, vous croyez en un homme qui n'existe pas : l'ami, le confident. C'est un mythe.

Amy soupira. Voilà que Margaret reprenait ses vieilles marottes.

— Margaret, permettez-moi de vous contredire : je suis certaine que cela existe… Je crois même pouvoir en trouver quelques exemples, autour de nous. Et je pense que vous le voyez aussi. Vous doutiez de Mr Matheson, n'est-ce pas ?

Margaret se retourna pour lui faire face.

— Je ne doutais pas de lui. Je doutais de moi.

— Des sentiments que vous éprouviez pour lui. Margaret, soyez-en heureuse au contraire. Vous aviez senti qu'il y avait un problème.

— N'est-ce pas moi qui l'ai poussé à mal agir, par mon manque d'enthousiasme ?

— Qu'allez-vous me chanter là ! Vous aviez promis de l'épouser et, lui, il vous a trahi à la première occasion !

— Vous avez raison, soupira Margaret. C'est un gredin.

— Ravie de vous l'entendre dire.

— Mais quand bien même, je ne sais pas aimer.

— Oh Margaret, je crois plutôt que vous le savez trop bien pour vous en rendre compte.

Margaret fronça les sourcils sans comprendre les paroles mystérieuses de son amie.

— Regardez l'amour que vous portez à votre frère, à vos amis…

— Je mourrai célibataire, miss Rosebury. Avec pour seule compagnie une quinzaine de chats et un piano, conclut Margaret en se jetant sur son lit.

— Permettez-moi d'en douter sérieusement ! sourit Amy.

Quand elle redescendit en fin d'après-midi, elle trouva Henry et George réconfortant Lady Tornwell. La vieille dame était ravagée par les récents événements et Mr Clenneth s'appliquait de son mieux à la remercier pour toutes les attentions dont elle avait comblé Marie-Clotilde depuis qu'il la lui avait confiée.

On insista pour la garder à souper. La solitude de cette honorable femme provoquait une vive émotion chez ses hôtes. Cependant, l'ambiance du souper ne fut point morose. Margaret avait souhaité les rejoindre, et bien qu'un peu pâle, elle fit bonne figure. Henry et Amy échangeaient souvent des regards du coin de l'œil. Ils savaient tous deux que la donne avait changé. Bien qu'aucune occasion ne se présentât pour qu'ils puissent en parler ensemble, ils savouraient tranquillement cette nouvelle liberté. Quant à George, il avait pris place à côté de Margaret qu'il couvait d'un regard tendre.

Amy se réveilla en sursaut avec les premiers rayons du soleil. Elle eut juste le temps d'atteindre sa fenêtre pour voir George et Henry, montés sur leurs chevaux, prêts à se rendre au duel. Avant de partir, Henry se retourna vers la maison. Ayant aperçu Amy derrière le voilage, il lui envoya un baiser. Puis tous deux disparurent dans la brume matinale.

Elle se prépara en quelques minutes et passa le reste de l'heure à se ronger les sangs. Elle arpentait les salons du rez-de-chaussée de long en large, guettant le moindre bruit.

La serrure de la porte d'entrée tourna enfin. Amy se précipita dans le hall. Ils étaient sains et saufs. George avait été blessé d'une estafilade au bras gauche. Un médecin les accompagnait et se voulait rassurant. La plaie n'était pas profonde.

— George, cria Margaret depuis la balustrade du premier étage. Seigneur, que s'est-il passé ?

Elle dévala les escaliers, toujours en chemise de nuit.

— Il s'est battu en duel avec Matheson, répondit sobrement son frère.

— Êtes-vous fou ? gronda Margaret en emboîtant le pas au médecin. Ce bougre n'en vaut pas la peine ! Vous auriez pu vous tuer !

— Je crois qu'il est en de bonnes mains, dit Henry en se tournant vers Amy.

— Et Matheson ?

— George l'a épargné. Ce lâche s'est enfui.

Amy poussa un soupir de soulagement. Henry s'approcha d'elle doucement et lui prit la main.

— Amy, vous êtes-vous rendue compte que les événements récents avaient changé beaucoup de choses ?

— Ah oui ? répondit-elle d'un ton faussement naïf, le cœur battant.

Le heurtoir de l'entrée les interrompit. Catherine Rosebury fit irruption derrière le majordome.

— Ah chère Amy, dit-elle en saluant sa sœur. Papa et Maman ont fini par m'autoriser à séjourner quelque temps chez notre oncle et notre tante Lennox.

— Quelle bonne surprise ! Moi qui allais justement leur écrire pour vous proposer de séjourner à Londres.

— Papa et Maman viendront dans quelques jours. Je suis venue en éclaireuse, si je puis dire. Nous avions hâte de vous revoir ! Je me suis dit que j'allais venir vous retrouver ici, pour vous proposer une petite balade. Il ne pleut pas.

— C'est fort aimable, miss Catherine, répondit Henry Clenneth.

— Votre sœur et Mr Elias pourraient également se joindre à nous !

Henry fit signe à Amy d'accepter. Si Catherine cherchait à tendre la main, il fallait s'en réjouir.

George se sentait en excellente forme et s'empressa d'accepter.

Margaret fit de même. Elle avait compris qu'elle devait s'efforcer de vivre comme si rien n'avait eu lieu… Quoi de mieux qu'une belle sortie pour donner le change ! Et puis, singulièrement, la douleur n'était pas si aiguë…

CHAPITRE 12

NUL FLUX SANS REFLUX

— PROVERBE ANGLAIS

Le temps était couvert pour un mois d'août, et il planait une légère brume très appréciée des Londoniens. La brise fine qui faisait virevolter les rubans de ces dames était un véritable délice après ces jours de lourde chaleur.

Faisant fit de la rocaille qui recouvrait les bords de la Tamise, George Elias avait proposé qu'on apporte le jeu de boules destiné habituellement à la pelouse du parc des Clenneth.

La partie s'annonça particulièrement coriace car Henry, qui avait été tiré au sort pour débuter, envoya le jack, la pièce servant de but à atteindre, à plus de 35 mètres.

L'esprit de compétition de Margaret en fut attisé et elle plaça dès le premier coup une de ses quatre boules à proximité du but.

— Eh bien, Margaret, s'extasia George Elias. Quel lancer incroyable !

— À vous de me battre, George, répondit la jeune femme en esquissant un petit pas de danse.

— Les dames d'abord, miss Catherine. C'est à vous.

— Craindriez-vous de ne pas pouvoir m'égaler, George ? se piqua joyeusement Margaret.

— Dois-je vous rappeler combien de fois je vous ai battue au croquet, Margaret ?

— Je devais être bien jeune alors, car nous n'y avons pas joué depuis longtemps ! Cela ne peut donc pas compter !

À quelques pas des joueurs, Henry et Amy s'amusaient de la joute verbale qui opposait les deux amis.

— Margaret me semble finalement bien prendre les choses, confia Henry en aparté.

— C'était mal engagé hier soir, mais il est vrai que George parvient toujours à la mettre de bonne humeur.

— Espérons que cette histoire ait une fin heureuse, acquiesça Henry en faisant référence aux confidences de son ami.

— Eh bien, Margaret va gagner, plaisanta Amy en rebondissant sur le jeu et en regardant la jeune femme choisir avec soin sa deuxième boule.

— Sûrement, concéda Henry en souriant.

S'éclaircissant la voix, il ajouta :

— Amy, une fois que les choses auront été complètement élucidées avec Mlle de Crainville, ou qui qu'elle soit…

Il s'interrompit cherchant ses mots.

— Oui ?

— M'autoriseriez-vous à vous solliciter pour… un entretien… privé ?

Amy s'émut de le voir si inquiet, et le regard pétillant, lui répondit :

— Un entretien privé. Cela a l'air sérieux.

— C'est très sérieux, rit Henry Clenneth en lui jetant un regard espiègle.

— Henry, avez-vous conscience que nous sommes bien plus souvent seuls que les convenances ne devraient nous y autoriser ?

Il allait répondre mais une voix claire retentit sur la berge :

— Amy, les interpella Margaret, c'est à votre tour !

Incapable de se concentrer, Amy lâcha sa boule trop tôt et l'envoya rouler sous une carcasse de barque. À sa suite, Catherine ne fit guère mieux pour relever l'honneur des Rosebury car, si elle mit beaucoup d'énergie dans son lancer, la trajectoire choisie expédia la boule au fond de la Tamise, provoquant l'hilarité de tout le petit groupe.

— Oh non, je suis navrée, se désola-t-elle en mettant sa main devant sa bouche.

— Ne vous inquiétez pas, miss Catherine. Je suis sûr que nous pouvons déposer un brevet pour cette technique de pêche, s'amusa George Elias.

L'issue de la partie ne fut pas une surprise. Margaret la remporta haut la main, talonnée par George Elias. Après son lancer plongeon, Catherine réussit une belle remontée qui la plaça en troisième place, tandis que Henry et Amy, peu investis dans le jeu, se partageaient en bons perdants la fin du classement.

Comme ses compagnons proposaient une deuxième partie, Amy déclina gentiment et s'écarta de quelques yards pour les laisser jouer à leur guise. Elle ressentait le besoin de profiter d'un peu de calme.

Elle humait l'air comme si elle n'avait plus respiré depuis des siècles. Le regard perdu sur le cours de la Tamise, un sourire flottant aux lèvres, elle sentait peu à peu se délester le fardeau qu'elle portait depuis de longs mois. Plongée dans ses pensées, ses pas la menèrent jusque près du pont de Londres.

Henry, qui la suivait du coin de l'œil, aurait voulu lui crier de revenir vers eux mais il craignait de troubler sa rêverie.

La jeune femme fit encore quelques pas et s'approcha d'une vieille barque pour examiner le filet de pêche qu'on y avait abandonné. De jolis coquillages nacrés s'étaient pris dans les mailles.

Soudain, une masse noire surgit de sous le pont et saisit vivement Amy à la taille. Prise par surprise, elle se retrouva bâillonnée par une main et emprisonnée par les bras de son assaillant. Elle se débattait tant bien que mal mais rien n'y faisait. Son agresseur était plus fort, et elle n'avait aucune peine à deviner son identité.

— Henry ! parvint-elle à hurler en repoussant la main qui la musela aussitôt.

Son cri avait déchiré l'air, glaçant le sang de son destinataire. Déjà, Amy avait disparu du champ de vision de Henry. Un seul nom martelait le cerveau de ce dernier. Firmin… Firmin était revenu !

— George ! cria-t-il. Mettez Meg et Miss Catherine à l'abri.

Blême, Catherine Rosebury s'évanouit sur la grève, dans les bras de Miss Clenneth.

Henry courrait déjà comme un fou vers le pont. Firmin avait atteint le remblai, poussant Amy dans un fiacre noir. Sans hésiter, Henry bondit sur le premier cheval qu'il trouva. Tandis qu'il galopait à la poursuite de la voiture qui filait en direction des quartiers pauvres, il vociférait contre lui-même. Comment avait-il pu détourner son regard ne serait-ce qu'un court instant ? Le sort pouvait-il être si cruel pour lui enlever la femme de sa vie alors que tout semblait enfin s'arranger ?

Le fiacre s'était arrêté devant un îlot de masures. Dissimulé au coin de la rue, Henry put apercevoir très clairement Firmin. L'homme jeta quelques regards inquiets à droite et à gauche et, n'apercevant personne, se rasséréna.

Henry s'approcha doucement. Firmin traîna Amy, qui se débattait toujours, morte de peur, dans l'escalier vermoulu de la bâtisse. Atteignant une sorte de grenier à marchandises, il la maintint au sol alors qu'elle hurlait, lui lia les mains et les pieds et l'appuya au mur.

— Tu peux beugler, l'Anglaise ! Personne ne te trouvera ici !

Il la gifla violemment.

— Heureusement que j'ai eu mes informations pour te retrouver, hein ! Faut dire que tu es plus futée que ta sœur.

Amy le regarda, complètement ahurie. Pourquoi parlait-il de sa sœur ?

— Il a suffi de lui dire que je te préparais une petite farce pour qu'elle me prévienne de ton retour à Londres et qu'elle organise cette promenade.

— Vous mentez !

— Non, non, non. Je mens parfois mais là je n'ai même pas eu besoin. Tu ne reconnais pas son écriture ?

Elle frémit. L'horrible créature agitait le papier à lettres de Catherine !

— Dis-moi ! Que t'a dit Cole ? Où est le trésor ?

— Je ne sais pas de quoi vous parlez !

— Menteuse ! fit-il en lui assénant une seconde gifle. Tu connaissais Cole ! Je sais ! Je connais le souterrain de ce cher Mr Clenneth.

Amy garda le silence. Firmin était encore plus terrifiant que Martin Crimbe. Qui plus est, la mort de ce dernier semblait l'avoir mis dans une rage folle… La jeune femme savait qu'il lui fallait garder son calme… mais on eût dit que ses membres ne voulaient plus obéir à son cerveau… Ses jambes tremblaient. Elle grelottait… Il lui semblait, en regardant le visage ulcéré de Firmin s'agiter au-dessus d'elle, qu'elle vivait un de ces mauvais rêves dont elle avait le secret. Allons, elle se réveillerait. Et Henry serait là.

— Alors ? Ou peut-être vais-je devoir employer des moyens plus radicaux ? ajouta-t-il en sortant un poignard de sa botte. Tu crois que je vais me montrer clément après ce que vous avez fait à Martin ?

Amy sombra dans la panique. Il fallait gagner du temps. Henry l'avait entendue crier et devait être à sa recherche…

— Oui, je connaissais Edward. Mais lui-même ne comprenait rien à cette histoire de trésor.

— Menteuse ! cria-t-il en lui roulant un coup de pied. Tu sais qui il a tué !

— Non ! Je ne connais pas cet homme.

— Bah voyons ! Tu vas me faire croire que Jean Glotard... ça ne te dit rien !

Il pointa son arme vers la jeune femme. Amy sanglotait. Son ami allait-il seulement la retrouver ? Combien de temps mettrait-il ?

— Jean Glotard ! L'un des plus grands corsaires de sa Majesté ! Installé, après quelques escarmouches avec la couronne, à son propre compte. Ose dire que cela ne te rappelle rien !

La pointe du poignard se rapprochait dangereusement de la gorge d'Amy.

— Je vais te saigner, ma petite poule anglaise... goutte par goutte.

Dans un coin de la pièce, Amy aperçut la tête de Henry dépasser du plancher. Juché dans les escaliers, il lui fit signe de ne rien montrer qui puisse le trahir.

Amy fixa son attention sur le poignard et se mit à pleurnicher :

— Oui, c'est vrai. Edward m'a tout dit.

Satisfait, Firmin éloigna la pointe, attendant la suite du récit. À bout de souffle, elle improvisait :

— Edward a soutiré les informations sur le trésor à Glotard avant qu'il meure. Il l'a trouvé, et l'a caché... à... à Cork.

— À Cork ?

Firmin était au comble de la stupéfaction. Martin était allé à Cork ! Se pouvait-il qu'il l'ait doublé ?

Henry profita de ce moment de déconvenue pour lui bondir dessus. Les deux hommes roulèrent à terre. Le poignard de Firmin gisait au sol. Impuissante, Amy le vit s'en saisir et taillader d'un geste vif la joue de Henry. N'ayant pas dit son dernier mot, ce dernier immobilisa le bras de son adversaire et attrapa l'arme. En un tournemain, il la planta dans le bras du Français qui s'évanouit dans un cri de douleur.

Deux officiers, accompagnés de George Elias, surgirent à leur tour. Ils prirent en charge le criminel.

George, lui, respirait. Il avait laissé Margaret et Catherine en sécurité avant de se lancer à son tour à la poursuite du scélérat.

— Sale engeance, maugréa-t-il avant de laisser Amy et Henry recouvrer calmement leurs esprits.

Amy sanglotait tandis qu'il dénouait lentement ses liens et frottait ses poignets meurtris. Il berça la jeune femme dans ses bras en lui embrassant les cheveux, et le visage, puis, doucement, il déposa un baiser timide sur ses lèvres.

— C'est fini ! C'est fini cette fois, chuchotait-il tendrement.

Elle se laissa aller à la torpeur de ce sentiment de protection. Ils restèrent ainsi un long moment, puis il la porta dans le fiacre qui les ramènerait à l'Hôtel Clenneth. À l'abri dans la voiture, il la tenait serrée contre lui et s'inquiéta de la voir si languissante.

— Amy, finit-il par dire doucement. Allez-vous bien ?

— Je crois, murmura-t-elle avec un petit sourire.

— Je m'en veux tellement, Amy. Sans moi, vous n'auriez pas eu à affronter toutes ces épreuves.

— Les épreuves nous font grandir. C'est grâce à elles que nous révélons la meilleure partie de nous-mêmes, répondit-elle sans le regarder, la tête toujours enfouie dans son gilet.

— C'est vrai. Cependant je n'aurais jamais dû vous exposer à tant de dangers. J'aurais dû être avec vous. Je *voulais* vous protéger, se lamenta-t-il en déposant un baiser sur les boucles décoiffées de la jeune femme.

Elle leva enfin les yeux vers lui.

— Vous l'avez toujours fait. Jamais ma confiance en vous n'a failli.

Soupirant, Henry lui prit la main.

— Je sais. Et je sais que vous êtes suffisamment forte pour ne pas avoir besoin de ma protection. Mais laissez-moi vous l'offrir. Laissez-moi être votre serviteur le plus fidèle.

Il lui caressa la joue. Amy gémit.

— Vous fait-elle beaucoup souffrir ? s'alarma Henry.

— Non, cela passera. Et la vôtre ?

— Oh, ce n'est qu'une petite coupure, dit-il en portant sa main libre vers l'entaille.

Amy effleura à son tour la blessure d'un doigt.

— Quel beau couple ! plaisanta-t-elle.

Pour toute réponse, Henry l'embrassa tendrement. Il resserra son étreinte et les doigts d'Amy se perdirent dans son épaisse chevelure bouclée, tandis qu'elle s'enivrait de son parfum.

Une secousse les força à se séparer. Ils venaient d'arriver devant l'Hôtel Clenneth.

Catherine se tenait là, dans le hall. Elle avait le visage défait.

— Oh Amy, cria-t-elle en se jetant aux pieds de sa sœur. Pardonnez-moi ! Jamais je n'aurais pu croire que cette histoire était aussi dangereuse… Et cet homme… Je croyais que c'était Martin Crimbe qui m'écrivait. Mais ce n'était pas lui ! J'étais morte d'inquiétude quand il vous a enlevée ! Il m'avait dit que nous nous promènerions tous ensemble le long de la Tamise et qu'il en profiterait pour vous poser quelques questions sur Edward. Je n'ai jamais pensé qu'il pourrait vous faire du mal.

— Je vous avais prévenue de ne jamais plus évoquer Edward, assena Henry d'un ton menaçant.

— Laissez, Henry. Je crois que Catherine est sincère pour une fois, souffla Amy.

— Oh, Amy, je vous en prie, pardonnez-moi. Je tremble en pensant que cet homme aurait pu vous tuer !

— Je suis fatiguée, Catherine. Dites-moi juste une chose : comment est-il entré en contact avec vous ?

— Il m'a écrit à Weymouth, pleurait la cadette des Rosebury. J'étais tellement en colère contre vous… Alors j'ai dit que je l'aiderais. Quand je suis arrivée à Londres, je l'ai prévenu. Je lui ai dit où je comptais vous emmener en promenade…

Amy en avait assez entendu. Jamais elle n'aurait cru cela possible de la part de Catherine. Malgré ses protestations, Henry la mena d'autorité à sa chambre et lui enjoignit de se reposer. Il promit de rester auprès d'elle jusqu'à ce qu'elle trouve le sommeil.

Elle se sentait si vide ! Était-ce à cause de la trahison de sa sœur ? Était-ce parce que la pression de ces derniers mois se relâchait ? Ou bien était-ce dû au choc de son agression ?

Quelques heures de repos lui remirent du baume au cœur. Lorsqu'elle s'éveilla, elle revécut le moment où Henry s'était précipité vers elle, une fois Firmin neutralisé, et l'avait embrassée tout doucement. Comment oublier la chaleur qui s'était alors répandue dans son cœur, la ramenant petit à petit à la vie ?

La maison était si calme à présent qu'elle la traversait pour rejoindre ses amis ! La tempête qui les avait secoués depuis plus d'une année avait cessé.

— Ah ! Miss Amy ! Vous voilà reposée ! s'exclama George Elias lorsqu'elle entra dans le salon.

Il était accoudé au piano et en pleine conversation avec Margaret.

Elle sourit mais ne se sentit pas l'humeur de renchérir. Goûter la paix de cette chaleureuse demeure lui suffisait.

Elle observait le salon. Rien ne semblait y avoir changé, comme si rien n'était arrivé. Ce retour à la normalité la perturbait. Catherine osait à peine la regarder, et s'absorbait dans son ouvrage. George couvait toujours Margaret du regard, pendant que celle-ci étudiait ses partitions. Henry avait retrouvé son air impassible et distant, les yeux plongés dans sa lecture. Ou du moins, en donnait-il l'illusion car elle sentit son regard inquiet peser sur elle.

À peine Amy eut-elle pris place sur une bergère de brocart rouge qui meublait le salon des Clenneth que le majordome fit irruption dans la pièce, annonçant le détective français.

Soulagé de recevoir enfin des nouvelles, le maître des lieux le reçut dans son bureau en compagnie d'Amy et de George.

— Ce ne fut pas aisé, Mr Clenneth, dit l'homme en s'asseyant lourdement.

— Racontez-nous ce que vous avez trouvé, demanda le maître des lieux pendant qu'Amy servait une tasse de thé au détective.

— L'homme qu'Edward Cole a tué, Jean Glotard, fut longtemps corsaire du roi de France, mais l'appât du gain fut plus fort que sa loyauté envers la couronne. Par conséquent, il monta son propre commerce – si vous me permettez l'expression – en changeant de camp lorsque cela l'arrangeait. Au cours de ses aventures, il rencontra une jeune noble, Camille de Clairmont. Il la séduisit. La famille évidemment interdit tout lien entre eux mais un prêtre accepta de célébrer en secret leur union. Camille Glotard fut reniée par sa famille et oubliée par toute la haute société française. Seule sa sœur maintenait de discrets liens avec elle. Et ce, malgré son appartenance à la haute aristocratie suite à un mariage avantageux avec M. Praslin de Crainville.

Henry, Amy et George se regardèrent, éberlués. Ainsi, le nom de Crainville se trouvait lié à l'histoire d'Edward !

— Continuez, je vous prie, enjoignit Henry.

— Pendant la Grande Peur, Jean Glotard avait subtilisé une tapisserie du xiiie siècle, dans un château de l'Ouest de la France. Selon la légende, cette tapisserie serait cousue de fils d'or et apporterait richesse et santé à ceux qui la possèdent. C'est une œuvre magnifique, surtout pour l'époque. Comme elle représente un épisode de la Genèse, elle est simplement intitulée *Tapisserie de la Genèse,* mais dans l'imagerie populaire c'est la *Tapisserie de la femme aux cheveux d'or.* Elle vaut une petite fortune. Ajoutez à cela le mythe qui l'entoure et vous comprendrez pourquoi certains sont prêts à tuer pour elle.

— C'est donc ce qui devait arriver ? Quelqu'un voulait tuer Glotard ?

— Oui… Enfin… Pendant la Terreur, le prêtre fut pris en otage par les frères Crimbe à qui il avoua ce secret en échange de la vie de sa communauté. Les frères le relâchèrent. Cependant, Camille Glotard mourut en couches et le corsaire, se sachant poursuivi, envoya l'enfant, et apparemment la tapisserie, en sécurité chez sa tante où tous deux devaient rester cachées aux yeux de tous.

— Chez Mme de Crainville ? demanda Amy en s'appuyant à l'un des panneaux de bois sombre qui recouvraient les murs.

— Précisément, répondit le détective.

— Mais elle est décédée.

— Oui, répondit l'homme, surpris. De même que toute la famille. Et aucune trace de l'enfant ne put être retrouvée. Quant à Glotard, excédé d'avoir été trahi, il n'eut pas de pitié pour le pauvre prêtre et voulut le tuer. C'est là qu'Edward intervint, permettant au vieil homme de s'enfuir. C'est de lui que je tiens tout ceci. Après la mort de Glotard, il a tenté de se racheter en cherchant désespérément l'enfant.

— Quel âge aurait-il aujourd'hui ? s'inquiéta Amy.

— Quatre ou cinq ans. C'est une petite fille, Blanche. Mais je doute qu'on puisse la retrouver.

Amy frissonna. Blanche ! Crainville ! Elle revit la famille du petit Alexander, domiciliée près de Sunderland. L'attitude de Mlle de Crainville lui avait semblé bizarre lorsqu'elle l'avait vue avec la petite Blanche. Comment l'enfant appelait-elle sa poupée ? Camille… comme Camille Glotard. Sa mère. Le doute n'était pas permis.

— Mon Dieu, s'exclama-t-elle en portant ses mains à son visage. Je sais. Je sais où est Blanche.

Elle leur fit part de sa version des faits. Effaré, Henry compléta les informations par le récit de la supercherie de la fausse Mlle de Crainville.

— Effectivement, la coïncidence est bien trop saisissante ! s'anima le détective en se tortillant sur son fauteuil. C'est l'enfant ! Et, je suis persuadé que cette femme connaît les frères Crimbe. Je vais faire mon possible pour la retrouver, affirma le détective en reposant la tasse dans la soucoupe. Une dernière chose, Mr Clenneth, j'espère que vous ne comptiez pas mettre la main sur cette tapisserie.

— Ma foi non ! Un objet ayant causé tant de malheurs n'a pas sa place dans notre foyer. Pourquoi ? demanda ce dernier intrigué.

— Le prêtre a embarqué pour les États-Unis d'Amérique avec la tapisserie, « loin de cette Europe qui se déchire », m'a-t-il dit.

— J'espère de tout cœur qu'il trouvera la paix de l'autre côté de l'océan.

— Le pauvre homme n'a plus longtemps à vivre, Mr Clenneth. Il considérait cela comme une ultime mission. Il était presque soulagé de pouvoir se confier.

L'homme se leva.

— Permettez-moi de prendre congé, mon travail est loin d'être terminé.

En interrogeant les domestiques de l'aristocratie française en exil à Londres, le détective découvrit rapidement que la servante des Crainville s'appelait en réalité Thérèse Botteau. Cela ne surprit guère Amy qui se remémora les paroles de la petite Blanche dans la forêt. À l'époque, elle avait compris que l'enfant parlait de « Terre ».

Le soir même, l'homme retrouvait la jeune femme errant dans une gargote des bas quartiers. Au milieu de la nuit, il était de nouveau installé dans le bureau de Mr Clenneth, une tasse de thé fumante à la main. Il leur raconta comment Thérèse avait avoué que les frères Crimbe avaient découvert son secret dès leur arrivée en Angleterre. Ils savaient qu'aucun des membres de la famille Crainville n'avait survécu et que la servante de Marie-Clotilde s'était envolée. Dès lors, la situation de la petite Française leur avait été très profitable. Et quand leur enquête sur Cole les avait menés vers Mr Clenneth, ils l'avaient fait chanter et forcée à les aider en les tenant au courant de ses faits et gestes. C'est ainsi que Martin Crimbe était allé volontairement à Cork pour tenter de questionner Amy. Matheson, lui, n'avait rien à voir avec toute l'histoire. C'était un séducteur qui s'était pris dans les filets de la belle Française.

En revanche, Thérèse Botteau avait toujours pris soin de cacher l'enfant aux frères Crimbe. D'abord confiée à des gens d'un quartier pauvre de Londres, elle s'était arrangée pour faire venir la petite dans le Shropshire afin de garder un œil sur elle lors de leur séjour à Stokesay. Elle l'avait alors laissée aux bons soins de la famille d'Alexander. À présent, elle refusait de dévoiler où se trouvait Blanche.

— Cette enfant sert de caution depuis le début ! s'écria Amy, horrifiée par le récit du détective.

Thérèse comptait-elle aussi s'en servir ?

— Le mystère reste hélas entier sur ce point. Elle m'a affirmé qu'elle avait pensé que l'enfant pourrait un jour lui être utile mais je peine à le croire. Sa voix tremblait à ce moment-là.

— Aurait-elle eu pitié de l'enfant ?

— Tout est possible, Mr Clenneth. Mais cela me semble vraisemblable. Elle connaissait bien le bébé… On peut aussi imaginer qu'elle ait voulu accaparer l'éventuel héritage, ou bien, si tant est qu'elle ait été au courant de cette histoire de cheveux d'or, subtiliser la tapisserie. Thérèse dit qu'elle ne sait pas ce qu'il est advenu du trésor. Quoi qu'il en soit, en ce qui concerne l'enfant, elle n'est pas prête à la livrer…

Amy jeta un regard attristé vers son fiancé. Le détective reprit :

— Elle veut un signal fort. Mr Clenneth, je crois que vous seul êtes en mesure de régler la situation.

— Je vous suis, cette affaire n'a que trop duré.

Henry lança un sourire d'encouragement vers Amy, et suivit le détective. Il ne revint qu'au petit matin.

Harassé, il se laissa tomber sur l'une des bergères du grand salon tandis qu'Amy venait s'asseoir à ses côtés.

— Je ne sais si nous pouvons la croire mais son récit tient la route, annonça-t-il. Elle confirme avoir été confiée, avec Marie-Clotilde et l'enfant, à la nourrice de Mlle de Crainville. Elle veillait beaucoup sur Blanche, car la petite avait un sommeil agité. Elle dit s'être absentée ce jour pour lui faire prendre l'air. Marie-Clotilde restait tapie par terreur des révolutionnaires mais, elle, en tant que servante, ne pouvait éveiller l'attention. À ses dires, quand elle est revenue de sa balade, Mlle de Crainville gisait dans son sang. Thérèse a pris peur et s'est enfuie avec Blanche. Elle a craint qu'on se venge sur elle.

— Vous la croyez ? fit Amy, sceptique.

— Je ne sais pas : je lui accorde le bénéfice du doute, répondit Henry en saisissant sur la desserte en argent qu'une domestique venait de lui apporter une assiette d'œufs brouillés et de lard.

— Était-elle au courant de l'histoire de la tapisserie à l'époque ?

Henry secoua ses grandes boucles brunes décoiffées.

— Elle a nié avec véhémence. Je ne sais si nous devons lui accorder notre confiance sur ce point. Cette femme est capable des pires mensonges.

— Et Blanche ?

— Jadis, elle souhaitait la garder et l'élever. Elle me soutenait que s'en séparer serait un supplice. Mais elle dit avoir pris conscience du fardeau que l'enfant représente. Elle veut qu'un bel avenir soit offert à cette petite. Cependant, elle ne voulait pas nous la confier tant que nous n'avions pas réglé un aspect de l'affaire.

Henry s'interrompit.

— Oui, Amy, elle cache aussi un autre secret. Elle porte l'enfant de Mr Matheson, assena-t-il enfin.

— De mieux en mieux, s'écria Amy.

— Enfin ça, c'est ce qu'elle dit... ne put s'empêcher de déclarer George qui n'avait pas perdu une miette de la conversation.

Il dut s'interrompre. Henry venait de lui lancer un regard sombre. Autant il estimait nécessaire qu'Amy soit instruite de tous les éléments de l'affaire, autant il n'était guère opportun de lui imposer les supputations induites par la pauvre vertu de Thérèse Botteau. Qui plus est, il jugeait Amy tout à fait capable de cerner de son propre chef les problèmes suscités par cette affaire.

Pour leur confier Blanche, Thérèse Botteau attendait que Mr Matheson reconnaisse l'enfant qu'elle portait. C'était son dernier coup de maître pour se faire une place dans la bonne société.

Tous savaient que cela était peine perdue. Assurément, Mr Matheson se rirait de cette requête car Thérèse avait bien peu à son crédit. Néanmoins, soucieux de remplir sa part du contrat, Henry Clenneth se mit à la recherche du gentleman. Celui-ci avait quitté Londres pour la campagne après le duel. Henry se déplaça en personne à sa rencontre, et lui exposa sa requête. Il reconnaissait et épousait Theresa Botteau et lui, Mr Clenneth, promettait de ne rien entreprendre contre sa réputation. Il lui promettait de surcroît une belle petite somme. Matheson lui rit au nez. Qui croirait la pauvre servante ? Cela avait tout l'air d'un traquenard pour piéger un riche et jeune gentleman ! Non, décidément, il n'avait rien à craindre.

Henry dut se résoudre à retourner une nouvelle fois chez Thérèse Botteau… bredouille. Il décida qu'il était temps de prendre les choses en mains, et résolut de forcer la jeune femme à lui dévoiler où elle cachait l'enfant.

— Amy, dit-il en ajustant son haut-de-forme, comme il s'apprêtait à sortir, je n'oublie pas que je vous ai demandé une audience privée.

— Je sais, Henry. Mais pour l'heure, la priorité est cette petite Blanche.

Portant la main à son chapeau, il la salua et, prenant une grande inspiration, franchit le seuil en direction du Whitechapel.

Les heures s'écoulèrent encore. En attendant Henry, Amy s'agitait vainement, faisant les cent pas dans le salon. Elle arpentait de long en large les couloirs de l'Hôtel Clenneth. Aucune des paroles bienfaisantes de George ou de Miss Margaret ne pouvait l'apaiser. Comment Henry allait-il se tirer des griffes de cette sorcière ?

Pourtant, les efforts de Henry Clenneth ne furent pas vains. Quand il revint, il tenait par la main une pauvre petite chose recroquevillée sur elle-même, vêtue d'une chemise confectionnée par Thérèse avec ses propres atours.

— Blanche, dit-il doucement en s'agenouillant près de la petite fille. Vous souvenez-vous de Miss Amy Rosebury ? Elle est très gentille.

— Bonjour Blanche ! Comme je suis heureuse de vous revoir ! dit Amy en s'accroupissant à son tour. Oh mais que tenez-vous là dans votre main ? C'est votre poupée Camille.

— Oui, c'est Camille, murmura enfin l'enfant en souriant à Amy.

— C'est un fort joli prénom. Dites-moi, que diriez-vous si Camille et vous preniez un bon thé accompagné de sandwichs ?

Une fois l'enfant nourrie et baignée, Amy et Margaret la couchèrent dans un bon lit douillet. Puis Amy rejoignit Henry dans la bibliothèque. Le jeune homme s'était installé près de la fenêtre et suivait la course des nuages. Il sourit à Amy en la voyant entrer.

— Pauvre petite, fit tristement Amy en s'approchant de lui. Elle est si fragile. Elle a vécu tant de malheurs !

— Thérèse Botteau a tenté d'en prendre soin. Cette femme est intelligente. Elle ne m'a livré l'enfant qu'après que je lui ai promis une importante somme d'argent afin qu'elle puisse élever son bébé.

— Avez-vous accepté ? se troubla Amy.

— Oui… Elle a tout de même sauvé Blanche. Et puis, chacun a le droit à un nouveau départ. Elle embarque pour les États d'Amérique. Le détective l'escorte jusqu'à Douvres où elle prendra le prochain bateau.

— Alors, c'est bien fini ? souffla Amy, soulagée.

— Non, dit Henry en posant sa main sur l'épaule frêle de la jeune femme. Tout n'est pas fini.

— Que se passe-t-il encore ? s'alarma Amy en fronçant les sourcils.

Henry caressa l'étoffe de soie qui couvrait le cou de la jeune femme. Ses yeux verts étincelaient de tendresse.

— Voyez-vous, ma chère Amy, vous n'avez pas répondu à ma question.

— Votre question ? dit-elle avec une petite moue interrogative.

Il lui caressa la joue.

— Oui, il me semble que je vous avais prévenue que, lorsque tout serait fini, je tenais à m'entretenir avec vous… en privé. Vous devinez que j'avais une question sérieuse à vous poser.

— Je vois, dit Amy en s'éloignant un peu.

Puis tournant sur elle-même, elle se moqua gentiment :

— Le problème, Mr Clenneth, c'est que je ne peux pas répondre à une question que vous n'avez pas posée !

— Chère Amy ! dit-il d'un ton brûlant. J'ai le sentiment de vous l'avoir posée à chacun de mes regards depuis notre toute première rencontre.

— Diantre ! Et moi qui, jadis, pensais que vous n'étiez guère décidé ! Vos regards l'ont peut-être posée, Mr Clenneth. Mais rien ne vaut une parole clairement formulée.

— Bien, puisqu'il le faut, je vais être plus explicite.

Joignant le geste à la parole, il mit un genou à terre sous le regard à la fois amusé et ému d'Amy. Il lui prit les mains, et les serrant doucement, les baisa. Puis levant les yeux vers elle, il dit d'une voix rauque :

— Miss Amy Rosebury, j'aurais dû me mettre à genoux dès le jour où je vous ai aperçue à Covent Garden. Mais sans doute m'auriez-vous pris pour un fou. J'aurais dû le faire dans le salon de votre sœur à Bath ou dans sa bibliothèque. Mais sans doute, sage comme vous êtes, auriez-vous pensé que c'était encore un peu tôt. J'aurais eu maintes occasions de me déclarer lorsque nous veillions Edward dans le souterrain, mais j'ai craint d'être déçu et d'y risquer mon cœur. Je ne pouvais croire, et ne le peux toujours pas, qu'une femme aussi merveilleuse que vous puissiez me porter de l'affection. Je portais l'héritage de mes premières fiançailles, mais contrairement à elles, je savais que cette fois je risquais d'embarquer dans une aventure qui me dépassait. J'ai eu peur et j'ai failli vous perdre maintes fois. Mais lorsque nous veillions notre pauvre Edward, dans le souterrain de Dorrel, j'ai su que je ne voulais plus passer un seul jour sans avoir le bonheur d'être à vos côtés.

Comme les mains d'Amy tremblaient légèrement sous ses doigts, il lui sourit et poursuivit :

— Douce et merveilleuse Amy, vous êtes la femme la plus incroyable que j'aie pu rencontrer. Vous êtes sage et aimante, cultivée et intelligente, drôle et passionnée. Vous avez tout supporté de moi. Vous m'avez tenu tête. Vous me préservez de mes travers. Vous faites de moi une personne bien meilleure, capable de surmonter tous les obstacles. Et à présent, je veux employer le reste de ma vie à vous rendre heureuse et à vous protéger. Je veux débattre avec vous de Hobbes et de Rousseau, de la rébellion irlandaise ou de la situation française. Je veux danser le menuet avec vous, l'allemande, la contredanse et bien d'autres. Je veux passer les après-midi pluvieux à vos côtés à l'abri d'une bibliothèque. Je veux conduire un gig avec vous. Je veux avoir une armée de petits William-John avec vous. Je prendrais l'uniforme des Defenders pour vous. Je conduirais même une révolution s'il le faut ! Chère Amy, le voulez-vous aussi ? Voulez-vous construire votre vie avec moi ? Voulez-vous accepter ma main ? Voulez-vous m'épouser ?

Amy sentait les larmes lui picoter les yeux. L'émotion étreignait sa gorge. Pourtant sa voix ne trembla pas lorsqu'elle ouvrit la bouche :

— Oui, répondit-elle d'un ton ferme mais doux.

Transporté de félicité, Henry se releva et la prit dans ses bras en riant. Ils restèrent ainsi longtemps, front contre front, les yeux dans les yeux, savourant cette joie qui leur était enfin permise. Et, n'y tenant plus, Henry Clenneth se permit d'embrasser celle qui était enfin sa fiancée.

Seul manquait le consentement de Mr Rosebury à leur union. Heureusement, le doute, s'il existait, serait bientôt dissipé : les Rosebury et les Bridgestone devaient arriver le lendemain à Londres et ils étaient invités à venir souper avec les Lennox par Margaret Clenneth. Amy éprouva un tel bonheur de retrouver Mr et Mrs Rosebury, de les serrer dans ses bras, de câliner le petit William-John, de s'extasier sur les contours du ventre à nouveau arrondi d'Abigail, de rire avec elle, de converser avec William… Et quelle joie de voir Catherine faire l'effort de se montrer calme et aimable ! Amy savait qu'il existerait pendant longtemps une gêne entre elles. Mais elle croyait sincèrement que Catherine avait été bouleversée par la tournure que les événements avaient pris. Il était visible qu'elle s'en voulait beaucoup pour le rôle qu'elle y avait joué. Il faudrait du temps aux deux sœurs pour se retrouver, mais le pire semblait derrière elles.

En installant ses hôtes dans son salon, Henry prenait soin de couvrir Mrs Rosebury d'attentions. Il s'agitait en tous sens. Il discutait chasse avec Mr Rosebury et orientait Catherine et Lisa vers le piano à queue afin qu'elles animent la soirée. Il aidait le petit William dans ses pas incertains et félicitait chaudement les parents. Il s'enquérait de la santé des Lennox et de l'état des affaires de l'oncle Lennox.

Amy entendait, avec satisfaction, ses parents faire discrètement toutes sortes d'élogieux commentaires sur son fiancé : « un séduisant jeune homme », « décidément charmant ». Elle savait que Henry comptait s'entretenir après le thé avec son père et s'amusait de le voir devenir de plus en plus empressé et agité, au fur et à mesure que le temps s'écoulait. Alors que le thé touchait à sa fin, il devint subitement très réservé. Amy l'observait avec tendresse tapoter nerveusement le manteau de la cheminée en marbre.

Il fut rejoint par George Elias qui, lui non plus, n'avait rien manqué de son manège et lui murmura d'un ton espiègle :

— Vous connaissez l'adage, Henry ? La troisième fois est toujours la bonne ! J'ai un bon pressentiment pour vos fiançailles !

— Retournez donc auprès de ma sœur, George, au lieu de vous moquer ! Elle semble vous attendre.

Enfin, tandis que ces messieurs s'apprêtaient à se lever pour admirer un quelconque arbre de la cour, Henry fit un clin d'œil à Amy puis intercepta poliment Mr Rosebury. Tous d'eux allèrent aussitôt s'enfermer dans son bureau où Amy fut appelée quelques minutes plus tard.

Elle y trouva son père, assis seul dans le canapé. Il ouvrait de grands yeux ronds.

— Je ne m'y attendais pas. Abigail nous avait juré que Mr Clenneth avait fait serment de ne jamais se marier. Je pensais accueillir Mr Elias dans la famille.

— Je crains que Mr Elias n'ait d'autres projets ! Êtes-vous opposé aux miens, papa ?

Mr Rosebury leva un visage empreint de bonté vers sa fille.

— Bien sûr que non ! C'est un homme charmant ! Et je consens avec joie à cette union. Tous deux méritez d'être heureux.

— Tant mieux, papa, car vous savez : n'en prenez pas ombrage mais il y a de grandes chances que je l'aurais épousé, même si vous aviez dit non !

— Y avait-il vraiment un risque que je dise non ? rit innocemment son père. Je vais juste lui conseiller d'être plus prudent en matière d'équipage !

Amy ne répondit pas. Mr Rosebury faisait allusion à l'accident de gig qui les avait tant inquiétés sa femme et lui. Si, un jour, elle en venait à avouer à ses parents toutes les péripéties de ces mois tumultueux, elle craignait d'éveiller chez eux de terribles angoisses.

Dans le vestibule, Henry Clenneth, qui attendait le verdict final, les mains dans le dos, la tête bien droite, l'accueillit par un visage serein.

Comme elle hochait la tête en signe d'assentiment, il laissa éclater sa joie et, saisissant Amy par la taille, la fit tournoyer sous les moulures de la coupole. Leur bonheur fut évidemment partagé par tous les habitants de l'Hôtel Clenneth. Pour l'occasion, on servit une coupe de champagne dans le grand salon. Et comme tous portaient un toast aux futurs mariés, Amy remarqua le clin d'œil complice qu'échangèrent Abigail et son mari… Ils avaient donc changé d'avis, riait-elle.

Avant d'aller se coucher, la future Mrs Clenneth monta jusqu'à la chambre de Blanche pour s'assurer que l'enfant dormait paisiblement.

Elle ne fut pas surprise de découvrir la silhouette de Henry en vêtement d'intérieur. Il l'avait précédée et passait la tête dans l'entrebâillement de la porte.

— Comment va-t-elle ? murmura Amy.

— Je crois qu'elle dort paisiblement.

— Ne la réveillons pas !

Henry referma délicatement la porte. Et fit signe à sa fiancée de le suivre un peu plus loin dans le couloir.

— Qu'y a-t-il ?

— Nous n'avons pas parlé de Blanche, Amy. Mais je m'en sens responsable. Je pensais… je pensais l'adopter, hésita-t-il guettant sa réaction. C'est la chose à faire, n'est-ce pas ?

Amy posa une main légère sur son avant-bras.

— Le doute n'était pas permis pour moi. Nous pouvons lui offrir un vrai foyer. Et je pense que vous ferez un père merveilleux.

Henry prit le visage d'Amy dans ses mains.

— Vous serez une mère fabuleuse. Douce, attentionnée, capable de répondre à n'importe quelle question sur l'Histoire de son pays…

Gênée, Amy lui décocha une bourrade et reprit sérieusement :

— Il y a tout de même quelque chose qui me trouble…

— Quoi donc, mon cher ange ?

— Nous ne saurons jamais où le prêtre a trouvé la tapisserie… ni si les frères Crimbe ont effectivement tué la vraie Marie-Clotilde Praslin de Crainville.

— Hélas, non… mais peut-être vaut-il mieux laisser cela sombrer dans l'oubli des terres françaises… Cette révolution a occasionné nombre de sanguinaires tristesses, et nous avons déjà suffisamment remué ce noir passé.

— Vous êtes sage, s'émerveilla Amy.

— Je prends exemple sur vous.